The most beautiful poems

最美的诗

THE MOST BEAUTIFUL POEMS

04

如果我能使一颗心免于哀伤

If I can stop one heart from breaking

江苏文艺出版社
JIANGSU LITERATURE AND ART
PUBLISHING HOUSE

目录
CONTENTS

第一辑 美国 U.S.A

第一辑 美国 U.S.A

第二辑 加拿大 Canada

第三辑 阿根廷 Argentina

第四辑 智利 Chile

第五辑 墨西哥 Mexico

第六辑 尼日利亚 Nigeria

第一辑

美国

U.S.A

埃德加·爱伦·坡（1809～1849）

十九世纪美国诗人、小说家和文学评论家，侦探小说鼻祖，科幻小说先驱、恐怖小说大师、短篇哥特小说作家巅峰人物、象征主义先驱、唯美主义者。曾长期从事报刊编辑工作。受其影响的主要人物有柯南·道尔、波德莱尔、马拉美、儒勒·凡尔纳、希区柯克等。他与安布鲁斯·布尔斯、洛夫克拉夫特并称为美国三大恐怖小说家。爱伦·坡最著名的文艺理论是『效果论』。主要作品：诗歌有《乌鸦》、《歌》、《梦》、《致海伦》、《睡美人》、《梦中之梦》等，小说有《耶路撒冷的故事》、《失去呼吸》、《绝境》、《莫格街谋杀案》、《汉斯·普法尔历险记》等，随笔有《写作的哲学》、《装饰的哲学》、《诗歌原理》等。

致海伦

埃德加·爱伦·坡

海伦，你的美对于我
犹如尼萨[1]的船舸，在往昔
它们滑过芬芳的海波，
把漂泊者从倦人的旅途
载回故国的陆地

经历了海风多次的吹拂——
你那风信子般的美发，你典雅的
脸庞，水仙女的风姿，带我
回到希腊的熠熠光华
和古罗马的气魄。

看！在一个华美的窗龛
你如同雕塑那样伫立，
玛瑙明灯擎在手里！
啊，赛琪[2]，你来自彼岸
那不可及的圣地！

李文俊 译

① 古代利比亚附近的一个小岛。

② 古希腊、罗马神话中嫁给爱神厄洛斯（拉丁名称为丘比特）的美女。厄洛斯禁止她看到自己的形象，但赛琪还是按捺不住好奇心，在夜晚看见了丈夫的模样，结果被逐出家门。

赏析

爱伦·坡的诗具有强烈的唯美主义倾向，这首诗也不例外。该诗无论在结构、意象上，还是在音韵、主题上，都很好地体现了他的唯美思想。

这首诗热烈明朗，洋溢着一种清新之美。据诗人自己说，《致海伦》是为中学一位同学年轻的母亲斯丹娜夫人写的。海伦是斯巴达王墨涅拉奥斯的王后。在这首诗里，她是理想美的象征。对于诗人来说，美是理想的故乡，这种美的理想，有古希腊的荣光和古罗马的庄严。这种为不可企及的美的倾倒，化成一首诗，便不再是一种遗憾，而是一种可以追求的理想。

小皮

致一位在天国的人

埃德加・爱伦・坡

对我来说，你曾是，爱人，
我枯竭的灵魂的依托——
是大海中的绿岛，爱人，
是清泉、一个圣洁的处所，
饰有仙果和鲜花的异芬，
这些鲜花都献自我。

啊，甜梦太美不能持久！
啊星光般的希望升起
原是为了走向衰朽！
从“未来”，一个声音催逼：
“向前走！”可昨日却是深沟，
我的灵魂在那里游移，
它载不动如许忧愁！

因为，对于我，多么可悲！
生命之光已接近黄昏！
不能——不能——再不能——
（这两个字，使得潮水
潴留沙滩，欲归不能）
伤残的苍鹰难以高飞，
雷殛的枯木怎能逢春？

昏昏沉沉，我的白天——
我每一个夜梦都苦苦
与你星眸的投射相连，
你在泉边轻盈起舞——
每一投足都泛起潋滟波光，
映入我苦思的梦庐。

李文俊 译

赏析

有多少失败的爱情，就有多少忧伤的诗。

据说这首诗是为了怀念罗伊斯特小姐而作。诗人与之相爱，却因父母反对，最终不能结合。写这首诗的时候，罗伊斯特已嫁作他人妇。对于诗人来说，她曾是『爱人』，是心底的一条深深的沟壑。昔日的恋情使诗人变得忧郁，这种忧郁和伤心被弹奏成诗，撩人心弦。昔日情人不再，她虽活着，却成了『天国的人』，相思已成枯木，不得逢春。

小皮

我在路易斯安那看见一棵栎树在生长

沃尔特·惠特曼

沃尔特·惠特曼（1819～1892）

美国十九世纪杰出的民主主义诗人，也是美国历史上最伟大的诗人。出生于美国纽约长岛一个农民家庭。因家境窘迫，只读过几年小学，十一岁辍学。当过木工、排字工、乡村小学教师、记者、编辑等。1839年开始文学创作。1841年出版了一些短篇故事，一年后又在纽约出版了小说《富兰克林·埃文斯》。1855年，《草叶集》第一版由他自费出版，那一年他父亲去世。一年后，《草叶集》第二版出版，其中包括了二十组诗。1881年，《草叶集》第七版出版，诗集得以畅销。惠特曼创造了一种新型诗体：自由体诗，即不受格律、韵脚的限制和束缚，任思想和语言自由发挥。《草叶集》即这种诗体的开山之作，代表着美国浪漫主义文学的高峰，是世界文学宝库中的精品。

我在路易斯安那看见一棵栎树在生长，
它独自屹立着，树枝上垂着苔藓，
没有任何伴侣，它在那儿长着，
迸发出暗绿色的欢乐的树叶，
它的气度粗鲁、刚毅、健壮，
使我联想到自己，
但我惊讶于它如何能孤独屹立
附近没有一个朋友而仍能迸发出欢乐的树叶，
因为我明知我做不到，
于是我折下一根小枝，
上面带有若干叶子，
并给它缠上一点苔藓，
带走了它，插在我房间里，
在我的视阈之内。
我对我亲爱的朋友们的思念
并不需要提醒，
（因为我相信近来我对他们
的思念压倒了一切，）
但这树枝对我仍是一个奇妙的象征，
它使我想到男子气概的爱；
尽管啊，尽管这棵栎树在路易斯安那
孤独屹立在一片辽阔中闪烁发光，
附近没有一个朋友一个情侣
而一辈子不停地迸发出欢乐的树叶，
而我明知我做不到。

飞白 译

赏析

惠特曼曾如是写道：灵感或精神进入一切事物——进入岩石，就能过一块岩石的生活；进入大海，就能觉得自己是大海……进入一只动物，就能觉得自己是一匹马、一尾鱼或一只鸟……

当进入一种审美状态时，任何生物都是充满灵性的。这首诗选择了一棵栎树作为赞美对象。栎树是以一个孤独、坚毅的硬汉形象出现的，它茕茕孑立，孤独而快乐，浑身充满了男子汉的气概。诗人由栎树联想到自己，并有所顿悟——栎树透露出一种傲然独立的精神气息，诗人虽也有孤独的时刻，但他还是做不到这种决绝，因为他还需要思念和爱，需要朋友和爱人——生活、人群，才是他生命的旷野、扎根的土地。

小皮

啊，船长！我的船长！

沃尔特·惠特曼

啊，船长！我的船长！我们可怕的航程已经终了，
航船闯过了每一道难关，我们追求的目标已经达到，
港口就在前面，钟声响在耳畔，我听见人们狂热的呼喊，
千万双眼睛望着坚定的船，它威严勇敢；
但是，心啊！心啊！心啊！
鲜红的血液在流淌，
就在这甲板上，躺着我的船长，
你倒下了，身体冰凉。

啊，船长！我的船长！起来听听这钟声；
起来——旗帜为你飘扬——号角为你长鸣，
花束和花环为你备下——人群挤满海岸，
晃动的民众向你呼唤，向你转过热切的脸；
在这里，船长！亲爱的父亲！
你的头颅枕着我的臂膀！
就在这甲板上，如同梦一场，
你倒下了，身体冰凉。

我的船长没有回应，他的嘴唇苍白僵硬，
我的父亲感觉不到我的臂膀，他没有了脉搏和生命，
船安全地靠岸抛锚，它的航程已经终了，
胜利的航船从险恶的旅途归来，它的目标已经达到；
欢呼啊，海岸，巨钟啊，敲响！
但是我满怀悲怆，
走在甲板上，这里躺着我的船长，
你倒下了，身体冰凉。

邹仲之 译

赏析

这首诗在美国广为流传。惠特曼是他所在的时代美国的发言人之一。林肯逝世后，惠特曼曾以多种方式纪念这位昔日的美利坚总统。惠特曼连续十三年发表了纪念林肯的演讲。就像庞德将惠特曼称为『精神上的父亲』一样，惠特曼在诗中也称林肯为『亲爱的父亲』——他将林肯视为『我的时代和国家最可爱、最睿智的灵魂』。

尽管这首诗在技巧上并无多少独特之处——把美国比做一条船，将总统比做船长，这些都是再寻常不过的手法，三个反复的咏唱也不是什么高明的煽情；但是，时代的美国精神和历史意义以及诗人的精神气质，使这首诗成为美国共同的精神标志。惠特曼所表达的不仅仅是个人的哀思，也传达了美国人民的共同心声。正因如此，这首诗将和林肯、惠特曼一起成为不朽。

小皮

我歌唱一个人的自身

沃尔特·惠特曼

我歌唱一个人的自身—— 一个单一的、个别的人；
不过要用到民主这个词、全体这个词的声音。

我歌唱从头到脚的生理学，
不单只外貌和脑子，整个形体更值得歌吟；
而且，与男性平等，我也歌唱女性。

我歌唱现代的人，
那情感、意志和能力上的巨大生命，
他愉快、能采取合乎神圣法则的最自由的行动。

李野光 译

赏析

惠特曼的自由体诗歌，豪迈奔放，直抒胸臆，语言粗犷有力。这首诗的题目自《草叶集》第五版开始使用，之后便一直作为《草叶集》的开卷之作。它不仅仅是《草叶集》的纲要，更是惠特曼用诗歌寻找自己的第二生命的开始。这首诗洋溢着民主、自由的现代思想，热烈而真挚地表达了诗人对现代思想以及在这种思想影响下成长起来的广大人民的热爱和赞美。卡夫卡曾这样评价惠特曼的诗歌：『与他的生活比起来，他的作品并不十分重要，因为前者毕竟是他的真正杰作。』只有这样的人，才配得上『用到民主这个词』，歌唱广大的生活。在诗意的歌唱中，『小我』上升为『大我』。

小皮

大路之歌（节选）

沃尔特·惠特曼

1

我轻松愉快地走上大路，
我健康，我自由，整个世界展现在我的面前，
漫长的黄土道路可引我到要去的任何地方。

从此我不再希求幸福，我自己便是幸福，
从此我不再啜泣，不再踌躇，也不再要求什么，
消除了家中的嗔怨，放下了书本，停止了苛刻的非难，
我强壮而满足地走在大路上。

地球，有了它就够了，
我不要求星星们和我更加接近，
我知道它们所住的地方非常舒适，
我知道它们能够满足属于它们的一切。

（不过在这里，我仍然背负着我多年的心爱的包袱，
我背负着他们，男人和女人，我背负着他们到我所到的任何地方。
我发誓，要我遗弃他们那是不可能的，
他们满足了我的心，我也要使自己充满他们的心。）

楚图南 译

赏析

《大路之歌》是惠特曼的名篇之一，这组长诗共十五节，这里仅节选了第一节。

惠特曼一生都在思考美国以及个人的道路，并努力使『自己要成为你在诗中所表现的那个人』。为了成为这样一个人，诗人以极大的热忱欣赏着生活道路上的美好景致，不时迸发出热情的讴歌和积极的赞美之情。

从这首诗中，我们可以明显地感受到一种积极的力量，一幅画面呈现在我们眼前：一位自信的英雄，迈着有力的步伐，用充满爱的眼神关注着他所遇见的风景，以及他经过的人。这种关注，正是一种对奇迹的等待。

小皮

小链接

沃尔特·惠特曼十一岁辍学，此后再无稳定职业，一直过着波希米亚人式的生活，与码头工、车夫等底层人民打成一片。1848年，他应邀去新奥尔良法语区做当地报纸的编辑。他醉心于那里的拉丁激情，但三个月后却突然离去，据说他与当地的一位贵妇人有染，并差点儿闹出丑闻，所以不得不在事发前匆匆离开。他那时创作的一些表达爱慕异性的诗歌也似乎证明了这一点。后人直到1925年发现这些手稿，事情才真相大白。

没有一艘船能像一本书

艾米莉·狄金森

没有一艘船能像一本书
也没有一匹骏马能像
一页跳跃着的诗行那样——
把人带往远方。

这渠道最穷的人也能走
不必为通行税伤神——
这是何等节俭的车——
承载着人的灵魂。

江枫 译

艾米莉·狄金森（1830～1886）

美国文学史上最伟大的诗人之一，在世界文学史上也占有重要位置，被誉为『英诗中最优秀的诗人之一』、『最优秀的神秘诗人』。她一生几乎都在自己的出生地马萨诸塞州度过。三十岁后，她脱离社交生活，在父亲的老房子里隐居，直至去世。狄金森生前写了一千八百首令人耳目一新的诗歌作品，只有七首诗被朋友从她的信件中抄录下来发表；死后却名声大噪。她的诗风独特，以文字细腻、观察敏锐、意象突出著称，题材多与自然、死亡、永生有关。她是美国诗歌史上从浪漫主义向现代派过渡时期的代表，英美意象派诗歌的先驱。

赏析

狄金森出身名门，却长期隐居，过着极其贫穷节俭的生活，但这样的生活并未影响诗人探索灵魂的秘密。相反，她比普通人拥有更加强大的精神世界。诗人用这首诗告诉人们，不必过于为物质生活伤神劳碌，只要生活适当允许，便可执著地追求精神生活的提升。精神生活需要的物质成本其实是相当少的，通过一本书，我们就可以开始美妙的精神之旅，而旅途中我们所需要的工具不是一匹骏马，而是自由的诗篇。我们需要的很少，得到的却很多。终其一生，狄金森都平静地执著于自己单纯的内心。

小皮

说出全部真理，但别太直接——

艾米莉·狄金森

说出全部真理，但别太直接——
迂回的路才引向终点
真理的惊喜太明亮、太强烈
我们不敢和它面对面

就像雷声中惶恐不安的孩子
需要温和安慰的话
真理的光也只能慢慢地透射
否则人人都会变瞎——

灵石 译

赏析

狄金森的诗不仅充满想象力，而且极富思辨色彩。她写哲理，精辟深邃、耐人寻味，警句连篇。她主张『说出全部真理，但别太直接——／迂回的路才引向终点』——真理的强光必须逐渐释放，否则太耀眼，人们会失明。

小皮

夏之逃逸

艾米莉·狄金森

不知不觉地，有如忧伤，
夏日竟然消逝了，
如此难以觉察，简直
不像是有意潜逃。

向晚的微光很早便开始，
沉淀出一片寂静，
不然便是消瘦的四野
将下午深深幽禁。

黄昏比往日来得更早，
清晨的光彩已陌生——
一种拘礼而恼人的风度，
像即欲离开的客人。

就像如此，也不用翅膀，
也不劳小舟相送，
我们的夏日轻易地逃去，
没入了美的境中。

余光中 译

赏析

追忆时间的流逝是诗歌的永恒主题。什么是时间？什么样的夏季值得追忆？

长年幽居的狄金森显然对自然风景尤其敏感——向晚的微光和消瘦的四野，早晨的光彩，还有提前到来的黄昏……这些平常的生活图景都在提醒人们：夏天过去了，时间在一点点消逝，留给诗人的只有永恒的追忆与哀伤。

小皮

有人说，有一个字

艾米莉·狄金森

有人说，有一个字
一经说出，也就
死去。

我却说，它的生命
从那一天起
才开始。

江枫 译

赏析

那是一个什么字？

小皮

如果我能使一颗心免于哀伤

艾米莉·狄金森

如果我能使一颗心免于哀伤
我就不虚此生
如果我能解除一个生命的痛苦
平息一种酸辛

帮助一只昏厥的知更鸟
重新回到巢中
我就不虚此生

江枫 译

赏析

如何才能使一颗心免于哀伤？诗人用三个假设作出了回答。作为狄金森最为著名的诗作之一，这首诗延续了狄金森细腻、朴实、真挚的风格，透露出一种大爱之美，表现出诗人对人和生命的同情和关切。狄金森虽长期过着修女一般孤独的生活，但她始终充满了对生活和生命的热爱，她希望能给生命带来慰藉和温情，带来希望和欢愉，从中可窥见她洋溢着爱的灵魂。全诗散发着淡淡的忧伤，充满了惋惜之情，但诗人那颗诚挚、博爱的心又让人为之动容。同时，诗歌的结构错落有致，给人美感。

小皮

小链接

在女性主义评论家笔下，艾米莉·狄金森是以疯女人、同性恋者、反动的女人等反叛形象出现的。她一生中最引人注目的三个行为——拒绝加入教会，隐居，只穿白衣。作为一个思想独立的女人，她对男权社会持一贯的反叛态度，这使她成为许多女性钦佩、追捧和敬仰的对象。

未选择的路

罗伯特·弗罗斯特

黄色的树林里分出两条路，
可惜我不能同时去涉足，
我在那路口久久伫立，
我向着一条路极目望去，
直到它消失在丛林深处。

但我却选了另外一条路，
它荒草萋萋，十分幽寂，
显得更诱人、更美丽；
虽然在这两条小路上，
都很少留下旅人的足迹。

虽然那天清晨落叶满地，
两条路都未经脚印污染。
啊，留下一条路等改日再见！
但我知道路径绵延无尽头，
恐怕我难以再回返。

也许多少年后在某个地方，
我将轻声叹息把往事回顾：
一片树林里分出两条路——
而我选了人迹更少的一条，
从此决定了我一生的道路。

顾子欣 译

罗伯特·弗罗斯特（1874～1963）

二十世纪最受欢迎的美国诗人，被誉为美国文坛「桂冠诗人」。生于美国旧金山，十一岁丧父，由其母抚养成人。后随母迁居新英格兰。曾当过鞋匠、教师和农场主。他只是在下半生才赢得社会对他的诗歌成就的承认。1897年秋，入哈佛大学。后因肺病中断学业，从事养鸡。1900年举家迁往新罕布什尔州德里。此后他又重新执教(1906~1912年)。许多重要的诗歌作品大多是在德里创作的，却并未引起社会关注。1912年，弗罗斯特全家迁居英国。伦敦一家出版公司相中了他的抒情诗集，1913年《孩子的意愿》出版。接着，他的叙事诗集《波士顿以北》于1914年出版。三家美国出版公司遂向他约稿。在伦敦期间他结识了许多重要诗人。1915年2月重返美国，适逢他最初的两部诗集在纽约出版。他从此名声大噪。曾四次获普利策奖。在他七十五岁和八十五岁诞辰时，美国参议院曾先后向他表示敬意。主要诗集有《孩子的意愿》、《波士顿以北》、《山间》、《新罕布什尔》、《西去的溪流》、《又一片牧场》、《林间空地》和诗剧《理智的假面具》、《慈悲的假面具》等。

赏析

一个人的一生究竟能选择多少条路？或许只有亲近自然、亲近生活的人才能清晰而谨慎地思考这个问题，并作出符合自己心灵的回答。

弗罗斯特大半生在乡村度过，他熟悉乡村生活，熟悉乡村里的每一条道路，熟悉大自然的每一个隐喻，这就是他选择的生活方式。两条道路，不能同时涉足，每个人都在走着属于自己的路，对于他未能选择的路，想象力会部分地弥补异路的风景。而最重要的还是：陶醉于自己选择的道路和风景。

弗罗斯特习惯于在诗中作这样的思考，他说：『一首诗应该始于情趣，而终于智慧。』

小皮

没上锁的门

罗伯特·弗罗斯特

过了许多年时光，
突然听见敲门声响，
我想门没有锁，
我无法把它锁上。

我随即吹灭了灯，
悄悄走在地板上，
同时我举起双手，
对着门祷告上苍。

但敲门声又响了起来，
我的窗户黝黝洞开；
我轻轻爬上窗台，
一纵身跳到窗外。

我又转身隔着窗台，
喊了一声“请进”，
管他敲门的人是谁，
门后会出现什么情景。

就这样，一声门响，
使我跳出了自己的牢笼，
从此投身广阔的世界，
随着岁月漂流浮沉。

顾子欣 译

赏析

这首诗堪称弗罗斯特『以小见大』的经典之作。从表面看，诗歌通俗易懂；从诗的本质去挖掘，由于诗人始终未曾指明是什么人（或物）在敲门，给读者留下了广阔的想象、阐释的空间，从而把一首简单的叙事诗变成了一首极富象征意义的作品。有人认为，诗人当时正沉浸在深刻的孤独中，别人的来访恰恰成为自己的逃亡。对于一个坚守内心生活的人来说，他不得不向喧嚷的世界说不：『尽管让他们惊讶吧，我要逃亡。』这种逃亡是一种跳出生活牢笼、奔向心灵深处广阔世界的企图。还有一种认为是敲门者可能是『良心』——尽管事隔多年，『我』依然无法面对过去的罪愆，因此在『良心』再度造访之际选择了逃避。

这首诗写得别开生面、魅力非凡，因为其多面性，每一个读者都可以尽情地展开想象力，从不同的方面和角度加以阐释。

小皮

火与冰

罗伯特·弗罗斯特

有人说世界将毁灭于火，
有人说毁灭于冰。
根据我对于欲望的体验，
我同意毁灭于火的观点。
但如果它必须毁灭两次，
则我想我对于恨有足够的认识
可以说在破坏一方面，冰
也同样伟大，
且能够胜任。

余光中 译

赏析

弗罗斯特的许多诗短小精悍，有着格言的力量和味道。这几句『格言』说的是人类无穷无尽的欲望，以及人们之间的冷漠和仇恨。强烈的欲望能点燃一个人，也能毁灭一个人。人毁灭以后，世界还存在吗？这对于人来说已经没有任何意义了。所以，弗罗斯特认为是欲望之火毁灭了人类自己。但是，世界并非仅仅是因为欲望而毁灭，人与人之间如冰的仇恨也可以使人毁灭。不论是毁于欲望还是毁于仇恨，对人类来说都一样残酷。

小皮

雪夜林边小立

罗伯特·弗罗斯特

我想我认识树林的主人
他家住在林边的农村；
他不会看见我暂停此地，
欣赏他披上雪装的树林。

我的小马准抱着个疑团：
干吗停在这儿，不见人烟，
在一年中最黑的晚上，
停在树林和冰湖之间。

它摇了摇颈上的铃铎，
想问问主人有没有弄错。
除此之外唯一的声音
是风飘绒雪轻轻拂过。

树林真可爱，既深又黑，
但我有许多诺言不能违背，
还要赶多少路才能安睡，
还要赶多少路才能安睡。

飞白 译

赏析

这首诗在中国有许多译本。众多中国译者在汉语语境里『重写』它，显然自有道理。这位『新英格兰的农民诗人』符合了中国译者和读者一致的审美趣味——从自然中谛听并获得幽微的顿悟。

《雪夜林边小立》便是如此。诗人伫立在雪夜林间，沉醉其中，似乎聆听和感悟到了什么。这首诗不仅描写实景，且极富象征意味。它通过诗人内在自我和社会自我的对立与融合，达到了与灵魂的对话和升华。诗中『我』与树林主人、『我』与马、『我』与树林的复杂关系，展现了现实的、理性的与非现实、非理性的相互对立，构成了诗人强烈的自我内部冲突。在这种强烈的自我内部冲突中，刻画出了一位忧郁、孤寂、灵魂焦虑难安的现代人形象。

小皮

十三种看乌鸫的方式

华莱士·史蒂文斯

1

二十座覆盖着雪的山岭之间
唯一移动的
是乌鸫的眼睛。

2

我有三颗心，
就像一棵树上
停着三只乌鸫。

3

乌鸫在秋风中盘旋，
它是哑剧中不起眼的角色。

4

一个男人和一个女人
是一。
一个男人和一个女人和一只乌鸫
是一。

5

我不知道更喜欢哪个，
歌唱的美
或者暗示的美，
鸣叫时的乌鸫
或者鸣叫之后。

华莱士·史蒂文斯（1879～1955）

公认的美国二十世纪重要诗人之一。出生于美国宾夕法尼亚州雷丁市。曾就读于哈佛大学，后在纽约法学院获法律学位。1904年取得律师资格后，在康涅狄格州就业于一家保险公司，1934年出任副总裁。1914年11月，《诗歌》杂志刊登了他的四首诗，作为战时特辑的一部分。他的第一本诗集《簧风琴》于1923年出版，显示了他对审美哲学的倾向，浸透着印象主义绘画的色彩光亮。在他临死的前一年才出版的《诗集》，使他得到了读者和批评家的广泛承认。主要作品有：《秩序观念》、《拿蓝色吉他的人》、《超小说笔记》及诗歌文论集《必要的天使》等。

6

小冰柱在长长的窗户上
画满了野性的图案。
乌鸫的影子
在它们之间穿梭。
情绪
在影子里找到了
无法破解的原因。

7

瘦削的哈丹男人，
为什么你们只能想象金色的鸟？
难道你们没看见乌鸫
怎样绕着你们周围女人的脚
行走？

8

我知道高贵的音调
以及明晰的、注定的节奏；
但我也知道
乌鸫与我知道的
有关。

9

乌鸫在视野中消失的时候，
为众多圆圈中的一个
标明了边界。

10

看见乌鸫
在绿光中飞翔
最顾及音韵和谐的人
也会尖叫起来。

11

他乘着一辆玻璃马车，
穿过康涅狄格。
一次，他突然感到一种恐惧，
他误把行李的影子
当成了乌鸫。

12

河流在移动
乌鸫肯定在飞翔。

13

整个下午都是晚上。
一直在下雪。
而且将要下雪。
乌鸫坐在
雪松的枝丫上。

灵石 译

赏析

乌鸫是一种黑鸟，是瑞典国鸟。

这首诗采用隐喻的方式，阐释了通过乌鸫观察世界的十三种方式。诗人自认为这组诗是感觉的组合。从诗的开始，乌鸫的眼睛是唯一移动的，而其他的则都是一种静观。观察的基本对象是一出人生的哑剧。这种诗意的观察为平淡的生活注入了更为平静、丰富的色调。

小皮

坛子逸闻

华莱士·史蒂文斯

我把坛子置于田纳西州
它是圆的，立在小山顶。
它使得散乱的荒野
都以此小山为中心。

荒野全都向坛子涌来，
俯伏四周，不再荒野。
坛子圆圆的，在地上
巍然耸立，风采非凡。

它统领四面八方，
这灰色无花纹的坛子，
它不滋生鸟雀或树丛，
与田纳西的一切都不同。

飞白 译

赏析

以想象力重新赋予这个混乱的世界以另一种秩序，由此而引发哲学思考，这是史蒂文斯诗歌的一大特点。田纳西的一只坛子，它仅仅是艺术品的一个象征。但在诗中，这个坛子却使一个杂乱的世界从此有了一个中心——坛子不就是诗人自己的想象吗？他用这种想象的方式给这个世界重新安排了秩序。这只巍峨端庄的坛子意义何在？它是怎样的一个坛子？这人为的坛子，传说中的坛子，能主宰大自然的秩序，滋生出鸟雀与树丛……

在这首诗里，想象的张力是多么巨大啊！

哑巴

红色手推车

威廉·卡洛斯·威廉姆斯

这么多
仝靠

一辆红轮子的
手推车

因为雨水
而闪光

旁边是一群
白色的小鸡。

郑敏 译

威廉·卡洛斯·威廉姆斯（1883~1963）

二十世纪美国最负盛名的诗人之一。出身于商人家庭。埃兹拉·庞德是其同窗好友。其诗风很接近意象派，同时继承了沃尔特·惠特曼的浪漫主义传统。其首部诗集于1909年自费印行，第二部诗集《气质》在埃兹拉·庞德的帮助下出版。重要诗集还有《地狱里的科拉琴》、《酸葡萄》、《春天及一切》、《早期诗集》及《晚期诗集》等。后期创作主要是长篇叙事诗《裴特森》，该长诗被认为是现代美国哲理诗的代表作之一。除写诗外，他也写小说、自传、剧本、论文，共约四十卷。1950年获全国图书奖，1952年获博林根奖，1963年获普利策奖。

赏析

虽然是几个简单的句子，但经过诗人的精心编排，就变成了两行一节的小诗。形式一变，诗意也就出来了。

『这么多』是什么？是不是生活本身？它为何因雨水而闪光？如果这是关于人生的暗喻，那么白色的小鸡便可能是在人生之外的一个旁观者。当然，这样的解读不需要诗人点头。因为这是一首敞开的、存在多种可能性的诗，它欢迎你进入其中。

有一些诗是际遇的馈赠。作为美国杰出的现代诗人，威廉姆斯的正业却是医生。在他的自传里，威廉姆斯谈道：有一次，他在给一个病得挺厉害的孩子看病时，偶然抬起头来，看到窗外雨水中的小车和白鸡，便有所触动，写下了这首名诗《红色手推车》。

小皮

少 女

埃兹拉·庞德

树长进我的手心，
树叶升上我的手臂，
树在我的前胸
朝下长，
树枝像手臂从我身上长出。

你是树，
你是青苔，
你是轻风吹拂的紫罗兰，
你是个孩子——这么高，
这一切，世人都看做愚行。

赵毅衡 译

赏析

庞德是意象派的代表人物，这首诗是为了赠给早年恋人希尔达·杜立特尔而写的。

意象派诗歌通常短小、简练、形象鲜明，往往一首诗只有一个意象或几个意象。在这首诗里，诗人不可思议地想象从自己身上长出一株树。这看起来像一个充满幻想的童话。当我们为主人公担心时，却一下子遇上了『你是树』的比喻：少女昔日的爱情仍像树一样生长于诗人胸中，树的血液和肌体融入了『我』的生命……树不仅仅是诗人自己的比喻，也是少女和诗人之间的结合，具有旺盛的生命力。如此生长的还有青苔、紫罗兰以及美丽……

小皮

埃兹拉·庞德（1885～1972）

美国著名诗人，意象派代表人物，意象派运动主要发起人，现代文学领军人物，和T.S.艾略特同为后期象征主义诗歌的领军人物。出生于美国爱达荷州海利镇。曾就读于宾夕法尼亚大学，两年后转至哈密尔顿大学，获硕士学位。自1898年起，先后四次去欧洲。1908年定居伦敦，一度成为伦敦文坛举足轻重的人物。1908年，首部诗集《灯火熄灭之时》在意大利威尼斯自费出版。翌年，诗集《人物》在伦敦出版。1910年，文集《罗曼斯精神》出版，主要是他的早期译作及历年来学术研究的成果和见解。庞德是叶芝的学生、詹姆斯·乔伊斯的挚友、T.S.艾略特的同学、海明威的老师。遗憾的是，或许是因为政治原因，庞德始终未能获诺贝尔文学奖。主要作品有《面具》、《反击》、《献祭》等。他从中国古典诗歌、日本俳句中生发出『诗歌意象』的理论，为东西方诗歌的互相借鉴做出了卓越贡献。

刘彻[1]

埃兹拉·庞德

丝绸的瑟瑟响停了，
尘埃飘落在院子里，
足音再不可闻，落叶
匆匆地堆成了堆，一动不动，
落叶下是她，心的欢乐者。

一片贴在门槛上的湿叶子。

裘小龙 译

赏析

艾略特曾如是评价庞德：『（他是）为当代发明了中国诗的人。』这原是一首中国诗，原题是《落叶哀蝉曲》，伪托为刘彻所作，诗中怀念的是李夫人。庞德是根据别人的译作改写的这首诗。

从翻译诗歌来看，这无疑是一个失败的译作；但是请注意：它不仅仅是一首译诗。

我国一位翻译家说：『庞德显然突破了翻译诗的界限，干脆自己新写了一个结尾。他先把去世的美人写成是长埋在落叶之下，最后又突出地把她比做一片贴在门槛上的湿叶子，使诗更为鲜活生动了。』

小皮

① 庞德当时不懂中文，读了别人译的《落叶哀蝉曲》（伪托汉武帝刘彻思怀李夫人所作），改写了这首诗。

在一个地铁车站

埃兹拉·庞德

人群中这些面孔幽灵一般显现；
湿漉漉的黑色枝条上的许多花瓣。

杜运燮 译

赏析

有一些诗，虽然只有简短的一两句，却充满了无尽的意象和诗意，经得起一再品读。诗人用生花妙笔赋予了这首诗独特的美。当你结合更大的存在，便能更多更深刻地理解这首诗。

地铁站是一个特殊的地点，在那里，每个人都是从『集装箱』倒出来的灵魂，这些面孔和灵魂幽灵般地闪现和消失，仿佛凋谢的花瓣一样，落在一根潮湿、黑色的树枝上。

在这迅速移动的人群里，作为其中涌动着的一员，是一件多么可怕的事啊。

这首诗历来被看做意象派诗歌运动的代表作之一。

小皮

雾

卡尔·桑德堡

雾来了
移动小猫的脚

它蹲下来，
静默无声，
看了看城市和海港，
又继续向前。

江枫 译

卡尔·桑德堡（1878～1967）

美国当代著名诗人、传记作家、新闻记者，「芝加哥新诗运动」代表人物之一，被誉为「人民的诗人」、「芝加哥歌手」。曾两度获得普利策文学奖。出生于伊利诺伊州格尔斯堡一个瑞典移民家庭。1904年出版第一本诗集《在轻率的欢乐中》。1914年，他的《芝加哥》和其他八首诗发表，引起很大反响，毁誉参半。1916年出版《芝加哥诗集》，奠定了他的诗坛地位。此后相继出版诗集《剥玉米的人》、《烟与钢》、《太阳烧灼的西方石板》、《早安，美国》，长诗《人民，是的》等。他与韦彻尔·林赛、埃德加·李·马斯特斯等创立了「芝加哥诗派」，成为美国诗歌民主传统的继承者。此外，他还撰写了《林肯传》（共六卷），著有小说《记忆石》、传记《摄影师史泰钦》等。他所著的《美国歌谣集》和《美国新歌谣集》收录了美国民谣和情歌。在他去世后，后人整理出版了他的诗作《呼吸的标记》。

赏析

这首诗是受意象派的影响而创作的，写得轻巧而贴切。诗人用猫的形象来表现雾，因为两者具有共性——猫的神秘、不可捉摸，雾的虚无缥缈、不可感知。不可感知的雾，就像小猫一样。这个比喻，使得不可感知、抽象的雾的形象变成了可感知的、具体的。雾不仅象征了现代生活的瞬息万变、现代都市的神秘莫测，也象征了西方社会的荒凉景象。

诗人用局外人的眼光冷漠地打量这场人生的大雾，看着它像猫一样，悄无声息地穿过城市的每一个角落，最后无声无息地离去。

小皮

草

卡尔·桑德堡

让奥斯特里茨和滑铁卢尸如山积，
把他们铲进坑，再让我干活——
我是草，我掩盖一切。

让葛梯斯堡尸如山积，
让依普尔和凡尔登尸如山积，
把他们铲进坑，再让我干活。
两年，十年，于是旅客们问乘务员：
这是什么地方？
我们到了何处？

我是草。
让我干活。

飞白 译

赏析

罪恶是诗歌诅咒的对象，而战争则是人类犯下的最残酷的一项罪恶。

诗里提到了五个『尸如山积』的地名，那些地方在历史上都曾发生过残酷的战争，在人类的心灵上留下了不可磨灭的创伤，单是法国凡尔登战役，伤亡人数就达一百万。在人类愚蠢的罪恶面前，他们自己的生命如同草芥，甚或连草芥都不如，莫非只配为草施肥？

是谁如此轻贱人类的生命？小草无言，它只知道收拾战场。『我是草，我掩盖一切……我是草。/让我干活。』

小皮

自由是一件衣服

卡尔·桑德堡

自由是一件衣服
一件破旧的外套
有些人生来就穿着它
有些人却从来不知道它。
自由是廉价的
或许它又是一件
贵重的外衣
人们宁可为它付出生命
而不愿没有它。
自由是令人迷惑的：
人们占有它的时候
往往不知道有它
直到它失去，没有了
他们才想到它。
这意味着什么？
它是一个谜吗？
是的，它首先
载入谜语的入门课本。
自由就是如此：
你又能，你又不能；
行路的人只有
不偏离他们的自由
才能有自由；
奔跑的人只有不跑得太累
他们才有自由；
食者往往吃得太饱
把他们的自由吃掉；
而饮者喝得太多
喝掉了他们美好的饮水的自由。

申奥 译

赏析

自由是一件衣服，乍看起来这并不是一个高明的比喻；但如果你深刻地理解自由，你就发现并非这么简单。

自由既廉价，也弥足珍贵。普通人对于自由的理解，往往失之肤浅，只有在失去它时才发现它的珍贵。为了这件『外套』，许多人甚至愿意用生命去交换；但在占有它时却把它视为一件破旧的衣服。自由对于普通人来说，不过是一件衣服，一句课本上的谜语。那么自由到底是什么呢？诗人并未急于回答，只是说『自由就是如此：/你又能，你又不能』。自由在你走路、奔跑、吃饭和喝水的时候依然存在，你需要时刻感觉到它、把握着它，才能接近它。

自由不仅仅是一件衣服，它值得用生命和爱来换取。

小皮

小链接

卡尔·桑德堡一生经历坎坷，做过多种不同的工作——他当过兵，在波多黎各参加过西班牙同美国的战争，当过无票搭乘火车的流浪汉，也是一个政党组织者，还当过米尔瓦基市一位社会主义者的市长的私人秘书，当过国外通讯记者、报道劳工的记者及影评者……到了晚年，他成了一位民歌手。此前，他为儿童写荒谬的故事，靠到处演讲赚钱。他写的六册《林肯传》于1940年获普利策奖。十一年后，他又以《桑德堡诗全集》再度获得普利策奖。

黑人谈河流

兰斯顿·休斯

我了解河流：
我了解河流和世界一样古老，
比人类血管中的血流还要古老。

我的灵魂与河流一样深沉。

当朝霞初升，我沐浴在幼发拉底河。
我在刚果河旁搭茅棚，涛声催我入眠。
我俯视着尼罗河，建起了金字塔。
当阿贝·林肯南下新奥尔良，
我听到密西西比河在歌唱，
我看到河流混浊的胸脯被落日染得一江金黄。

我了解河流：
古老的、幽暗的河流。

我的灵魂与河流一样深沉。

赵毅衡 译

兰斯顿·休斯（1902～1967）

美国当代最著名的黑人诗人、作家，被誉为『黑人民族的桂冠诗人』。生于密苏里州乔普林市。中学时代开始写诗并发表处女作《黑人谈河流》。在美国文坛，尤其是黑人文学界，他是举足轻重的人物。写过小说、戏剧、散文、传记等体裁的作品，将西班牙文和法文诗作译成英文，并编辑过其他黑人作家作品。其创作主要以诗歌著称。1925年获《机会》杂志诗歌奖，后成为『哈莱姆文艺复兴』（又称『黑人文艺复兴』或『新黑人运动』）中心人物。曾到过前苏联和中国，并曾以记者身份参加西班牙内战。『二战』后，他写出歌颂工人运动、反对种族歧视的作品，如诗歌《新的歌》、《让美国重新成为美国》，长篇小说《辛普尔这样主张》等。

兰斯顿·休斯的诗歌从黑人音乐和民歌中汲取营养，将爵士乐节奏融于诗中，对美国黑人文学与非洲黑人诗歌产生了重大影响。

赏析

描写河流的诗歌不在少数，而兰斯顿·休斯却在诗的题目里明确标明这是『黑人』谈河流。那么，黑人谈河流到底有什么特殊意义呢？在诗中，『河流』是一个高度凝练的意象，可理解为历史的象征。黑人对河流的追溯，便是对自身历史的追溯，就是对祖先和故土的寻根。

诗人十八岁时写下了这首诗。那时候，他去墨西哥见那个和自己母亲离异了的父亲。让他震惊的是，他的黑人父亲竟大为鄙视黑人。这给了休斯极大的刺激。在从墨西哥回来的路上，火车穿过黄昏时分的密西西比河，诗人刹那间有所触动，在一个信封的背面写下了这首诗。

黑人的历史和河流一样古老而绵长，而作为黑人，『我的灵魂与河流一样深沉』。这是一种对黑人身份的自信，是一种黑人的尊严和自豪感。同时，这首诗也是对歧视黑人的深沉而有力的控诉，具有深刻的现实意义。

小皮

伊丽莎白·毕肖普（1911～1979）

美国二十世纪最重要、最有影响力的女诗人之一。出生于美国马萨诸塞州的伍斯特。1934年毕业于瓦萨学院。1950年定居巴西。最后返回马萨诸塞州，住在波士顿，任教于哈佛大学。诗集《北方·南方》使她一举成名。她于1949～1950年间任美国国会图书馆诗歌顾问。《北方·南方》与另一部新诗集《一个寒冷的春天》合编为《诗集》，获普利策奖。诗集《旅行的问题》与《诗歌全集》牢固地奠定了她作为杰出诗人的地位。曾获古根海姆奖及1970年美国国家图书奖。另一部诗集《地理学III》在英国出版。

渔房

伊丽莎白·毕肖普

虽然这是在一个寒冷的夜晚，
但在一个渔房下
仍有一个老渔民坐在那里结网
他的网，在暮霭中几乎无法看见
只是一团发紫的褐色
而他的梭已被磨光用旧。
那空气中的鳕鱼气味如此强烈
让人的鼻子发酸眼含泪水
那五个渔房有尖峭的屋顶
而从阁楼的储藏室中伸下狭窄的吊桥
为手推车的上下提供方便
处处笼罩在银色之中：
慢慢地隆起仿佛在思忖着涌出地面，
那大海沉重的表面是不透明的，
但散布在荒野的乱石间
那长椅，那龙虾罐，那船桅
呈半透明的银色，
正像那经年的小建筑
在临海的墙上长出翠绿的苔藓。
那大鱼盆已经被鲱鱼的美丽的鳞片
画上重重皱纹，
而那手推车也被同样滑腻的东西涂满。
叮着厚厚一层虹彩色的苍蝇
在那屋后小小的斜坡上，
藏在反射着微光的玻璃后，
有一具古老的绞盘，破败不堪，
两个长长的把手已被磨白
铁制部分上
还有一些阴沉的斑痕，就像风干的血。
接受“好彩”烟的老人，

是我祖父的朋友。
当他等待捕鳕船到来的时候，
我们谈论人口的下降
还有鲱鱼和鳕鱼。
他的罩衫和拇指上戴着铁环，
从被肢解的鱼身上
刮去鳞片——
那最美的部分，
用一把黑色的老刀
那刀刃几已磨损殆尽。

再向下到水的边缘，
在那拖船上岸的地方，
那长长的斜坡俯身水中，细细的银色树干
穿过灰色的岩石
平行地横卧，渐次向下
中间相隔四五码的距离。

寒冷黑暗深沉而又完全地清澈，
是凡世无法忍受的元素，
对鱼和海豹……尤其是对一只海豹。
我已经夜复一夜地看着这里，
那海豹对我感到好奇。它对音乐深感兴趣，
就像我是一个沉溺的信徒，
所以我对它吟唱圣歌。
我还唱道："上帝是我坚不可摧的堡垒。"
它站立在水中向我行注目礼
慢慢地小幅移动它的脑袋
它时不时地消失一下，然后又突然出现
在同一个旋涡里，耸耸肩
就像久立妨碍了它的判断力。
寒冷黑暗而又完全地清澈
清澈的灰色冰水……后面，在我们背后，
开始那威严的杉树行列。
幽蓝幽蓝，陪伴着它们的阴影，

一百万棵圣诞树静立
等待着圣诞节的来临。那水看来悬垂着
悬垂在圆圆的蓝灰色石头上。
我已经无数次看过它，那同样的海，同样地，
轻轻地，心不在焉地敲打着石头，
冷冰冰地自在处于石头之上，
在石头之上然后在世界之上。
如果你把手浸入水中，
你的腕子立即会感到疼痛而手感到灼伤
就像那水是火之化身
消耗石头，燃烧出灰色火焰。
如果你尝那水，它开始是苦的，
然后是咸的，之后肯定会灼痛你的舌头。
这就是我想象中“知识”的样子：
黑暗，苦咸，清澈，运动而且完全自由自在，
从那世界的
冰冷的口中汲出，源自那永恒的石化乳房
淙淙流淌，我们的知识是历史性的，流动着的
转瞬便无迹可循。

桑克 译

赏析

历史往往是一个模糊的概念，但小人物的历史却往往是生动鲜活的。所谓历史，并非仅指那些进入书本的大事件。每个人都有一部自己的历史，如果个人忽视了自己的历史，那么他的生活必然是苍白无趣的。而个人的历史则往往靠回忆和想象力来书写。一个国家的历史又何尝不是如此？

诗人从一个常常被人忽略的渔民家中的渔房开始观察和书写，写得生动而具体。从中我们可以发现，最有趣、最真实的历史，往往都是生活的细节，而非宏大的叙事。只有这些琐碎的生活，才是真正的历史、真正的『知识』。

当我们拥有了自己的知识和历史，我们也就拥有了自己的信仰：『上帝是我坚不可摧的堡垒。』有了这样的堡垒，我们便会更加自信、更加生动地活下去。

小皮

小链接

伊丽莎白·毕肖普虽出身富裕家庭，却自幼丧父，同时因母亲患精神病而几乎失去了母亲的关爱。她在加拿大的外祖母和美国波士顿的姨母的轮流抚养下长大，自幼就有着深刻的迁徙与漫游的经验，她的一生也因而处于不停的迁徙之中。她的个人生活极其隐秘，富于传奇性。她是一位双性恋者，偏于同性恋，有过五位关系密切的同性伴侣。她旅游、酗酒，为同性恋情中的冲突、矛盾所困；她写作的速度因而很慢，一生所写的诗加起来也不过一百多首。但她美妙的诗歌为她赢得了多项荣誉，且日益受到后人的重视。

美人盛产于法兰西大地

查尔斯·布考斯基

在令人恐惧吉他缺席的
混乱弹奏中
我并未感到过于高亢

在长颈鹿因厌弃而
逃离之处
我并未感到过于孤独

在多如细胞的招待
用浪笑提供服务的酒吧
我并未感到过于沉醉

在自杀者投身激流的
山涧
我的微笑比蒙娜·丽莎还要迷人

高亢、孤独、沉醉、痛苦得龇牙咧嘴
因为我爱你

伊沙 老G 译

查尔斯·布考斯基（1920～1994）

美国当代著名诗人、作家之一，美国后现代主义诗歌大师，被誉为『贫民窟的桂冠诗人』、『放浪形骸的酒鬼诗人』。生于德国安德纳赫。母亲是有着波兰血统的德国人，父亲则是德裔美国军人，两人均信奉天主教。布考斯基二十四岁时出版第一部小说。1960年，首部诗集《花朵、拳头和野兽的哀号》问世。他是一位多产作家，一生写了数千首诗歌、数百篇短篇故事等，被誉为美国当代最伟大的写实作家之一。作品被译成希腊文、法文、葡萄牙文、德文、瑞典文等，享誉欧洲。1987年，好莱坞根据他的一部作品改编成电影，获得不菲的票房收入，影评界认为他为美国娱乐圈开辟了全新的视野。

赏析

『酒鬼诗人』布考斯基是一位『堕落』的诗人，是继艾伦·金斯堡之后在美国最具号召力的诗人。在美国，他不为上层社会所接受，但是下层社会那些被现代生活所逼迫的人民大众却很喜欢他、追捧他。

布考斯基大部分时间泡在酒吧里混日子。一开始，写作并不能使他的流浪生活有所好转。在这首诗里，我们分明看到一个在混乱的酒吧中放浪形骸的最真实的布考斯基。带有酒精味的思考甚至比他清醒时还要平静。在他的生活里，他需要适度高亢的激情，需要孤独的思考，需要一定的沉迷，需要体验濒临死亡的痛苦，因为他只能热爱这些生活的极端——在极端的生活面前他更能保持清醒。

小皮

爱情·名望·死亡

查尔斯·布考斯基

现在它就坐在我的窗外
像一个到市场购物的老娘儿们
它坐在那儿望着我，
越过电线、烟雾和狗叫
神经紧张得浑身冒汗
直到突然
我猛地用一份报纸挡着
就像拍击一只苍蝇
你能听到尖叫声
在这平原之城的上空穿过
然后离开

结束一首诗的方法
正是如此
让它忽然变得很静

伊沙 老G 译

赏析

爱情、名望和死亡是我们经常面对的问题，因为这些问题和人生的终极意义联系在一起。由于爱情、金钱和名望的诱惑，使得绝大多数人在这上面耗尽一生。诗人以日常生活的方式体验它，以诗意的方式解读它。诗人用一张报纸阻挡了对这三者的观望，停止了对这三个问题的思考，它们逐渐变得不那么重要，不再具备那样的吸引力。结束了对这三个烦人的问题的追问，喧嚣的生活便可以归于宁静，诗歌也便到此为止了。

小皮

晨歌

西尔维娅·普拉斯

爱发动你，像个胖乎乎的金表。
助产士拍拍你的脚掌，你无头发的叫喊
在世界万物中占定一席之地

我们是声音呼应，放大了你的到来。
　　新的雕像。
在多风的博物馆里，你的赤裸
使我的安全蒙上阴影。我们围站着，
　　墙一般空白。

云渗下一面镜子，映出他自己
在风的手中慢慢消失的形象，
我比云更不像你的母亲。

整夜，你飞蛾般的呼吸
在单调的红玫瑰间闪动。我醒来静听：
我耳中有个远方的大海。

一声哭，我从床上滚下，母牛般笨重，
穿着维多利亚式睡衣满身花纹。
你嘴张开，干净得像猫的嘴。方形的窗

变白，吞没了暗淡的星。而你现在
试唱你满手的音符
清脆的元音像气球般升起。

赵毅衡 译

西尔维娅·普拉斯（1932～1963）

生于美国马萨诸塞州波士顿市，是继艾米莉·狄金森和伊丽莎白·毕肖普之后美国最重要的女诗人，是美国白白派诗人的代表。曾就读于史密斯女子学院和剑桥大学的纽纳姆学院。1956年与英国桂冠诗人特德·休斯结婚。后因精神失常，曾数次自杀。1963年于伦敦自杀成功，年仅三十一岁。这位颇受争议的女诗人因其富于激情和创造力的诗篇而闻名于世，又因与特德·休斯的情感变故及其自杀的戏剧化人生而成为英美文学界一个长久的话题。她是一位女权主义者、忧郁症患者，也是一位迷乱而热烈的诗人，人们称她是被死亡诱惑了的诗人。她生前只出版过两部著作：诗集《巨人及其他诗歌》和自传体长篇小说《钟形罩》。在她去世后，特德·休斯编选了她的几部诗集，奠定了普拉斯作为一位重要诗人的地位，包括诗集《阿丽尔》、《渡河》、《冬树》及《普拉斯诗全集》。后者于1981年获普利策奖。诗集《巨人及其他诗歌》、《阿丽尔》多描写自杀者的反常心理活动，被认为是二十世纪六十年代『自白派』诗歌代表作品。小说《钟形罩》也描写了自杀者的心理状态。

赏析

作为一个母亲，描写自己孩子的诞生，或充满喜悦，或喜悦与疼痛交织。而这位母亲却十分震惊地看着自己的儿子在早晨出生，在爱里出生，在世界占有一席之地……看着这样一个完美的造物，他赤裸着，那样干净、纯洁。此时，这位诗人母亲发出的感叹是：『我比云更不像你的母亲。』看着这个完美的孩子，她甚至发出了这样的赞叹——『我』甚至不配做他的母亲！

这是一种赞叹，更是一种安静的思考。诗人倾听着孩子美丽而轻盈的呼吸，像倾听远方的大海，但是，孩子的哭声还是让作为母亲的她感到震惊。可是，这个完美的孩子，他已经唱起了自己的音符。

或许，我们还应知道的是，写这首诗时，普拉斯带着幼小的儿子和女儿，同有了外遇的丈夫特德·休斯已经分居了。这样的经历让她对自己作为母亲的身份更加恐惧。此后不久，普拉斯打开煤气自杀了。

小皮

它的双眼白光一闪，像手指一弹。
那瞳孔更是令人畏惧。

它仿佛是某人的底片。
它为何在我们中间停留?
为何不从篝火旁走开，
驻足直到黎明降临的时候?
为何呼吸着黑色的空气，
把压坏的树枝弄得瑟瑟嗖嗖?
为何从眼中射出黑色的光芒?

它在我们中间寻找骑手。

吴笛 译

赏析

阿赫玛托娃曾评价此诗充满了『俄罗斯式的诗歌想象力』。从表面上看，这首诗是在描写一匹黑马，但当我们读完之后却发现，这是一个隐喻。诗歌的结尾——『它在我们中间寻找骑手』，显示了一种奇异的诗的想象力，使诗歌进入了一种天启般的境界。黑马是黑暗、孤独的象征，它瞪着令人恐惧的瞳孔在人群中寻找骑手。黑马同时也是命运的象征——不是我们在探索和寻找命运，而是它在向我们靠近。

小皮

明代书信

约瑟夫·布罗茨基

一

“很快即满十三载，从挣脱鸟笼的夜莺
飞去时算起。皇帝望着黑夜出神，
用蒙罪的裁缝的血冲服丸药，
仰躺在枕头上，他上足发条，
沉浸于轻歌曼舞催眠的梦境。
如今我们在人间的天堂欢庆
这样一些平淡的奇数的周年。
那面能抚平皱纹的镜子一年
比一年昂贵。我们的小花园在荒芜。
天空被屋顶刺穿，像病人的肩头
和后脑（我们仅睹其背项）。
我时常为太子解释天象。
可他只知道打趣开心。
卿卿，此为你的‘野鸭’所写之信，
用水墨在皇后赐给的宣纸上誊抄。
不知何故，纸愈来愈多，米却愈来愈少。”

二

“俗话说：千里之行，始于足下。
可惜，那远远不止千里的归途呀，
并不始于足下，尤其
当你每次都从零算起。
一千里也罢，两千里也罢，
反正你此时远离你的家，
言语无用，数字更无济于事，
尤其是零；无奈是一场瘟疫。

风向西边吹，一直吹到长城，

像黄色的豆粒从胀裂的豆荚中飞迸。
长城上，人像象形文字，恐惧
而又怪异；像其他一些潦草的字迹。
朝着一个方向的运动
在把我拉长，像马的头颅。
野麦的焦穗摩擦着暗影，
耗尽了体内残存的气力。”

刘文飞 译

赏析

用诗的方式来思考历史和以历史的方式来思考历史，是两回事。诗人往往把自己扔进历史，进行与自我休戚相关的想象。一封来自明朝的『书信』对于诗人意味着什么？是一种对历史的追忆，还是一种基于历史的思考？

从零算起，什么时候才能抵达你梦想的时间和空间？历史对于人来说，究竟意味着什么？历史的书写又是一种什么样的写作？像一封信一样可以触摸到的亲切吗？我们常常回望那些被记录下来的让人恐惧的文字和历史遗迹，这种回望耗尽了我们『体内残存的气力』。

小皮

答案在风中飘

鲍勃·迪伦

一个人要走多少路，
才能被称做人？
一只鸽子要飞越多少海洋，
才能在沙滩上入眠？
炮弹要掠过天空多少次，
才能被永远禁止？
这答案哪，朋友，就飘在风中，
答案在风中飘。

一座山要存在多少年，
才会被冲刷入海？
一些人还要活多少年，
才能最终获得自由？
一个人还要把头扭开多少次，
假装什么也没看见？
这答案哪，朋友，就飘在风中，
答案在风中飘。

一个人要仰望多少次，
才能看到蓝天？
一个人要长出多少耳朵，
才能听到人们的哭泣？
还要死去多少人他才明了，
已有太多人死亡？
这答案哪，朋友，就飘在风中，
答案在风中飘。

佚名 译　王冷阳 整理

鲍勃·迪伦

二十世纪美国最重要、最具影响力的民谣歌手、摇滚歌手、诗人，二十世纪六十年代美国民权运动的代言人。1941年5月24日生于美国明尼苏达州，原名罗伯特·艾伦·齐默曼。曾出版发行数十张唱片专辑，十次获格莱美音乐奖。2008年获诺贝尔文学奖提名。鲍勃·迪伦堪称赋予了摇滚乐以灵魂，直接影响了一大批同时代及后来的音乐人，并入选美国《时代周刊》『二十世纪最有影响力的一白人』名单。代表作有《答案在风中飘》、《暴雨将至》、《像一块滚石》、《沿着瞭望塔》等。2011年4月3日、4月6日、4月8日分别在台北、北京、上海举办演唱会；4月12日起，连续三晚在香港献唱。这是现年七十岁的鲍勃·迪伦首次来中国登台演出。

赏析

这是一首反战歌曲，也是一首反战诗。鲍勃·迪伦是天才的音乐家，也是天才的诗人和小说家。

战争是人类所表现出的最愚蠢、最疯狂的罪恶，世界上任何一个有良知的人都痛恨战争。但是战火什么时候才能停止？人民什么时候才能过上和平的生活？什么时候才能拥有自由？答案仍在风中，我们听不到。这首歌每一段都包含了三个假设的问句，这些深刻的诘问把人带到残酷的战争面前，并进行深刻的反思。

这首诗写于二十世纪六十年代中期，鲍勃·迪伦敏锐地把握了当时年轻人对战争、暴力及种族不平等等方面的怀疑精神，直面现实，唱出了时代的心声。

小皮

小链接

二十世纪六十年代中期，美国流行乐坛发生了极具戏剧性的变化——作为民谣歌手的鲍勃·迪伦最先将具有丰富思想内涵的民歌融入黑人“节奏布鲁斯”与白人“乡村音乐”相结合而产生的“摇滚乐”中，从而形成了“民谣摇滚”(Folk Rock)这一崭新的乐种。这一时期，迪伦的词曲创作日臻成熟。由于深受二十世纪五十年代“垮掉派”作家艾伦·金斯堡、杰克·凯鲁亚克等人的影响，他的歌词中充满了荒诞却极富哲理的意象，且题材多样，包括人生、爱情、政治、宗教、死亡等主题。从某种意义上讲，“民谣摇滚”的产生标志着美国大众流行音乐同高雅的诗歌创作日益结合的趋势和必然结果。

艾伦·金斯堡（1926～1997）

艾伦·金斯堡被奉为『垮掉的一代』之父。生于美国新泽西州一个犹太移民的教师家庭。大学时代结识了杰克·凯鲁亚克、威廉·巴勒斯，交情笃深。三人后来成为『垮掉的一代』重要代表人物。1954年秋开始创作《嚎叫》。1955年在旧金山的一次朗诵会上，诗作《嚎叫》引起轰动。除《嚎叫》外，金斯堡的其他作品还有《卡第绪及其他》、《行星消息》、《现实三明治》、《亚美利加的衰落》等。

加利福尼亚超级市场

艾伦·金斯堡

今夜我多么想念你，沃尔特·惠特曼，我走在人行道的树下，带着头痛的自我感觉，望着空中的圆月。

我又累又饿，我要购买意象，我走进霓虹灯超级水果市场，梦想着你列举过的事物。

多好的桃子！多好的侧影！全家都在夜晚采购！走廊里挤满了丈夫们！妻子们钻进了鳄梨堆！小孩们都在番茄里！而你，加西亚·洛尔迦[1]，你蹲在西瓜堆旁边干什么？

我看见你了，沃尔特·惠特曼，你没有子女，你这孤独的老苦力，你手指戳着冰箱里的肉，眼睛瞟着食品柜伙计。

我听见你在问一个个问题：谁干掉了牛排？香蕉什么价？你是我的天使吗？

我跟着你，在闪闪发光的罐头货架之间徘徊，跟随着你，在想象中被店家雇的商场侦探盯梢。

我们在孤独的幻想中穿过宽敞的通道，品尝着洋蓟，占有一切冰冻佳肴，但从不经过收银台。

我们这是去哪儿，沃尔特·惠特曼？还有一小时就要关门了，你的胡子今夜指向何方？

（我抚摩着你的书，梦想着我们在超级市场的冒险，觉得挺荒诞。）

---

① 全名费德里科·加西亚·洛尔迦（1898~1936），二十世纪最伟大的西班牙诗人，同时也是剧作家和戏剧导演，“27年一代”的代表人物。

我们会不会整夜都在这空寂无人的街上流浪？树影幢幢，各家灯火都熄了，我们俩那么孤独。

我们会不会就这么闲逛着，梦见迷途的美国，梦见爱情，从路上蓝色的汽车边上走过，回到我们寂静的茅屋？

啊亲爱的父亲，灰胡子，孤独的勇气教师，当卡隆[1]停止撑篙，而你跨上烟雾笼罩的河岸，凝视渡船在忘川的黑水上消失，那时，你曾有个什么样的美国？

赵毅衡 译

赏析

许多诗人都写过纪念沃尔特·惠特曼的诗，而作为惠特曼之后美国诗歌传统的继承人，金斯堡这首《加利福尼亚超级市场》却别有意味。从语言上看，我们也许会觉得金斯堡和惠特曼一样，也是『粗糙的勇士』，但在这首诗中，我们却发现一种情绪弥漫于语言之中。金斯堡怀念惠特曼，怀念惠特曼描写过的美国。惠特曼眼中的美国是这样的：富饶、民主、自由，充满了希望。而如果惠特曼还活着，他会满足理想中的美国是现在这个样子吗？这个让金斯堡痛心的问题引领着他走入超市，走入现代生活颇具隐喻意义的场景中。在这个商品包围的地方，他开始怀疑惠特曼，或曰怀疑惠特曼的美国理想，怀疑一个有希望的美国。

面对这样一个现实的美国，金斯堡想象着自己将和惠特曼惺惺相惜——『我们这是去哪儿，沃尔特·惠特曼？』『我们会不会整夜都在这空寂无人的街上流浪？』这些让人忧伤的发问，把诗人扔进了一个垮掉的美国梦。

小皮

① 希腊神话中在忘川上摆渡运送亡灵去冥府的人。

十二月之夜

W·S·默温

寒冷的斜坡立于黑暗中
树木的南面摸起来却是干燥的

沉重的翅膀爬进有羽毛的月光里
我来看这些
白色的植物苍老于夜
那最老的
最先走向灭绝

而我听见杜鹃被月光一直弄醒着
水涌出经过它自己的
手指，没有穷尽

今晚再一次
我找到一篇单纯的祈祷但它不是为了人类

沈睿 译

W·S·默温

美国当代著名诗人、翻译家，『新超现实主义』诗歌流派的代表人物之一。1927年生于美国纽约。曾留居英国、法国、葡萄牙和马约卡群岛等地从事学术研究，同时翻译了大量法语、西班牙语古典和现代诗歌。1968年回国后即加入美国『新超现实主义』诗歌运动。曾获美国国家图书奖和普利策诗歌奖。主要诗集有《门神的面具》、《移动的靶子》和《扛梯子的人》等。另有散文三卷，译作近十卷。2010年，美国国会图书馆命名默温为『第十七位美国桂冠诗人』。

赏析

万物更替，永无间歇。人类亦如此。诗人在一个寒冷的冬夜，面对美好事物的消亡，感受着时光从每一个人的手指流逝，似乎永无尽头。于是，对生命的思考油然而生。但是，拥有生命的不仅仅是人自己，而是整个自然——心灵的祈祷，发自所有生灵。

小皮

黑马

约瑟夫·布罗茨基

黑色的穹隆也比它四脚明亮。
它无法与黑暗融为一体。

在那个夜晚，我们坐在篝火旁边
一匹黑色的马儿映入眼底。

我不记得比它更黑的物体。
它的四脚黑如乌煤。
它黑得如同夜晚，如同空虚。
周身黑咕隆咚，从鬃到尾。
但它那没有鞍子的脊背上
却是另外一种黑暗。
它纹丝不动地伫立。仿佛沉睡酣酣。
它蹄子上的黑暗令人胆战。

它浑身漆黑，感觉不到身影。
如此漆黑，黑到了顶点。
如此漆黑，仿佛处于针的内部。
如此漆黑，就像子夜的黑暗。
如此漆黑，如同它前方的树木。
恰似肋骨间的凹陷的胸脯。
恰似地窖深处的粮仓。
我想：我们的体内是漆黑一团。

可它仍在我们眼前发黑！
钟表上还只是子夜时分。
它的腹股中笼罩着无底的黑暗。
它一步也没有朝我们靠近。
它的脊背已辨认不清，
明亮之斑没剩下一丝一毫。

约瑟夫·布罗茨基（1940～1996）

前苏联裔美国籍桂冠诗人。生于列宁格勒一个犹太家庭。十五岁辍学并开始写诗。做过烧炉工等多种工作，业余时间坚持写诗、译诗。1934年因写诗被判处五年徒刑。服刑十八个月后，在一些著名作家和艺术家的干预和努力下被释放。其作品开始在国外陆续出版。自1965年起，他的诗选陆续在美国、法国、西德和英国等地出版。主要诗集有《韵文与诗》、《山丘和其他》、《诗集》、《悼约翰·邓及其他》、《荒野中的停留》等。1972年，他被驱逐出境。之后他受美国密歇根大学邀请，担任驻校诗人，任教并写作。1977年加入美国国籍。侨居国外期间，他以十多种语言出版了选集，尤以《诗选》和《言语的一部分》影响最大。另著有散文集《小于一》、《论悲伤与理智》等。1987年荣获诺贝尔文学奖。

大神

拉尔夫·沃尔多·爱默生

血污的杀人者若以为他杀了人，
死者若以为他已经被杀戮，
他们是对我玄妙的道了解不深——
我离去而又折回的道路。

遥远的，被遗忘的，如在我目前；
阴影与日光完全相仿；
消火了的神祇仍在我之前出现；
荣辱于我都是一样。

忘了我的人，他是失算；
逃避我的人，我是他的两翅；
我是怀疑者，同时也是那疑团，
而我是那僧侣，也是他唱诵的圣诗。

有力的神道渴慕我的家宅，
七圣徒也同样痴心妄想；
但是你——谦卑的爱善者！
你找到了我，而抛弃了天堂！

张爱玲 译

拉尔夫·沃尔多·爱默生（1803～1882）

美国著名思想家、文学家、诗人，确立美国文化精神的代表人物，美国前总统林肯称他为『美国的孔子』、『美国文明之父』。出生于马萨诸塞州波士顿一个牧师家庭。曾就读于哈佛大学。毕业后执教两年，之后进入哈佛神学院，担任基督教唯一的神教派牧师，并开始布道。1832年起，爱默生到欧洲各国游历，结识了浪漫主义先驱威廉·华兹华斯和塞缪尔·泰勒·柯勒律治，接受了先验论思想，对他思想体系的形成产生了很大影响。回到波士顿，爱默生继续从事布道。他经常和朋友亨利·戴维·梭罗、纳撒尼尔·霍桑等举行小型聚会。这种聚会当时被称为『超验主义俱乐部』。他把自己的演讲汇编成书，即著名的《论文集》。《论文集》为他赢得了巨大声誉，使他成为美国超验主义的领袖。除《论文集》外，其作品还有《代表人物》、《英国人的特性》、《诗集》、《五日节及其他诗》等。

赏析

爱默生的这首诗充满了矛盾和悖论，几乎每一句都指向自己的反面，从遣词造句上来讲，像极了中国的『老庄』哲学。爱默生的『大神』不是血肉之躯，不是道德、价值的标尺，不是光明，也不是黑暗，甚至不是光明与黑暗的结合，任何以『是』为谓语对它的描述都是错误的，任何以『否』为谓语对它的描述也同样错误。它不可描述，它的意志你捉摸不透，但它是世界的主宰，按照自己的轨迹运行，人类永远无法理解。以悖论和自相矛盾的方式去描述一个不可描述之物，这是诗人的聪明之处，但这种描述同样有危险，因为它毕竟是一种描述，而最好的方式则是沉默——『人类一思考，上帝就发笑。』老子曰：『道可道，非常道。』爱默生的『大神』只有在沉默中才能真正现身。

哑巴

美术馆

威斯坦·休·奥登

威斯坦·休·奥登（1907~1973）

英裔美籍诗人、剧作家、文学评论家，继威廉·巴特勒·叶芝和T.S.艾略特之后英美最有影响的诗人。出生于英格兰中北部临海的约克郡。1922年始写诗，1925年入牛津大学攻读文学，在文艺青年中形成『奥登派』，或曰『奥登的一代』。他是英国左翼青年作家领袖。二十世纪三十年代，他以首部诗集《诗选》成为英国新诗代表。1936年出版代表作诗集《瞧，陌生人！》。同年与弗雷德里克·路易斯·麦克尼斯合著游记《冰岛书简》。1937年发表长诗《西班牙》。曾与克里斯多夫·依修伍德合著《战地行》及三部诗剧。1939年移居美国，1946年加入美国国籍。诗集《死亡之舞》和《双重人》中的诗作，奠定了他的文坛地位。诗作《焦虑的时代》获1948年普利策诗歌奖。其他作品有《暂时》、《海与镜》、《阿喀琉斯之盾》等。1953年获博林根诗歌奖，1954年加入美国诗人协会，1956年获美国全国图书奖，1967年获全国文学勋章。

关于苦难他们总是很清楚的，
这些古典画家：他们多么深知它在
人心中的地位，深知痛苦会产生，
当别人在吃，在开窗，或正作着无聊的
　　散步的时候；
深知当老年人热烈地、虔敬地等候
神灵的降生时，总会有些孩子
并不特别想要他出现，而却在
树林边沿的池塘上溜着冰。
他们从不忘记：
即使悲惨的殉道也终归会完结
在一个角落，乱糟糟的地方，
在那里狗继续过着狗的生涯，而迫害者的马
把无知的臀部在树上摩擦。

在勃鲁盖尔的《伊卡鲁斯》[①]里，比如说：
一切是多么安闲地从那桩灾难转过脸；
农夫或许听到了堕水的声音和那绝望的呼喊，
但对于他，那不是了不得的失败；
太阳依旧照着白腿落进绿波里；

① 勃鲁盖尔（1525~1569），全名彼得·勃鲁盖尔，十六世纪尼德兰画家，《伊卡鲁斯》为其油画。伊卡鲁斯是希腊神话中的人物，他和父亲自制翅膀飞离克里特岛，在飞近太阳时，因其翅膀是用蜡粘住的，蜡融化了，他跌落海中死去。诗人在美术馆看到这幅画，深感此画主题与他要表达的恰好吻合。

那华贵而精巧的船必曾看见
一件怪事，从天上掉下一个男孩，
但它有某地要去，仍静静地航行。

查良铮 译

赏析

这首诗是关于灾难的探讨。1938年，奥登参观了布鲁塞尔的美术馆，看到了诗中提到的勃鲁盖尔的油画作品《伊卡鲁斯》，正是这幅画触发了诗人的灵感。奥登认为，任何艺术的最终目的都是揭示真理，这首诗就是要揭示灾难的真理——灾难总是具体的，一个人的灾难对另一个人来说总不是『不得了的』；没有感同身受的灾难是轻微的、不足挂齿的，一个人的灾难也可能变为另一个人眼中的奇迹，就像那抬头仰望的农夫。灾难发生了，生活还要继续——『在那里狗继续过着狗的生涯，而迫害者的马/把无知的臀部在树上摩擦。』这一切都是关于灾难的真理。

哑巴

一个暴君的墓志铭

威斯坦·休·奥登

圆满，大致就是他的追求，
他发明的诗歌很容易理解；
他熟悉人类的愚蠢犹如手背，
对军队和舰队也很有研究；
当他笑，可敬的参议员们爆出笑浪，
当他哭，孩子们死在街上。

黄灿然 译

赏析

这首诗写于1939年。当时，希特勒正准备发动第二次世界大战。但这首诗并非是专门写给希特勒的，它是对史上所有暴君的缩写。

暴君并非一味残暴，他懂得艺术，深谙人类的弱点；暴君有时也浪漫并志存高远，按照自己的意志创造或改变世界；他扫除一切障碍，力求超脱、圆满；暴君还往往有意将自己打扮成历史长河中力挽狂澜的角色，打扮成救世主。但人终究不是神，暴君的美好愿望往往成为他倒行逆施的起点，无数个体的毁灭就是他暴行的牺牲品。而在他的意念之外，世界继续运转，生活仍在继续。

奥登诗歌的简洁、精确、克制、内敛和不动声色，在这首诗中体现得淋漓尽致。『当他笑，可敬的参议员们爆出笑浪，/当他哭，孩子们死在街上。』这两句高度概括、高度精练，不正面写暴君的『暴』，一『笑』一『哭』之间，令他的残暴深入人心，令人不寒而栗，似乎不带任何感情色彩，却给人强烈的心灵震撼。

哑巴

战时（十八）

威斯坦·休·奥登

他被使用在远离文化中心的地方，
又被他的将军和他的虱子所遗弃，
于是在一件棉袄里他闭上眼睛
而离开人世。人家不会把他提起。

当这场战役被整理成书的时候，
没有重要的知识会在他的头壳里丧失。
他的玩笑是陈腐的，他沉闷如战时，
他的名字和模样都将永远消逝。

他不知善，不择善，却教育了我们，
并且像逗点一样加添上意义；
他在中国变为尘土，以便在他日

我们的女儿得以热爱这人间，
不再为狗所凌辱；也为了使有山、
有水、有房屋的地方，也能有人烟。

查良铮 译

赏析

1938年，奥登来到中国，目睹了遭受日军践踏的中国大地，此后完成了二十七首十四行诗的写作。这是其中的第十八首。这首诗刻画了一个普通战士的死亡，探讨了个体价值与整体价值之间的关系。浩大的战争总是伴随着无数个体的毁灭，这些个体因为个人的资质和机遇，终究无法成为英雄，他们甚至连姓名也没能留下，就被『将军和虱子』遗弃，在卷帙浩繁的历史长河中，他们曾血肉丰满的生命仅仅被压缩为一个数字。而他们的血肉和魂魄又去了哪里？诗人给出了答案：『他在中国变为尘土，以便在他日／我们的女儿得以热爱这人间，／不再为狗所凌辱；也为了使有山、／有水、有房屋的地方，也能有人烟。』

哑巴

小链接

1964年，威斯坦·休·奥登和让-保罗·萨特、米哈依尔·肖洛霍夫一起进入了诺贝尔文学奖评奖审核的最后一轮。与两位竞争者相比，奥登是那个时代文学形式的创造者，他的散文写作也证实了自己非凡的敏锐和创新精神。奥登的不利因素是他在战后加入了美国籍，而加利福尼亚出生的小说家约翰·斯坦贝克刚刚于1962年获得诺贝尔文学奖。果然，在最后一刻，奥登以“创作高峰期早已过去”的理由被淘汰。瑞典文学院也遭遇了尴尬，两个主要竞争对手中的其中一位——让-保罗·萨特获奖后拒绝领奖，而米哈依尔·肖洛霍夫则于翌年（1965年）登上了飞往斯德哥尔摩的航班。奥登从此与诺贝尔文学奖失之交臂。

第二辑

加拿大

Canada

九 月

玛格丽特·阿特伍德

1

造物主正跪着
被雪弄脏，它的牙
在一起磨着，旧石头的声音
在一条河的河底。

你把它牵向牲口棚
我提着灯
我们弯腰看它
仿佛它正在出生。

2

这只羊被绳子倒吊着
像一个饰着羊毛的果实，正在溃败
它在等死亡的马车
去收获它。

悲痛的九月
这是一个想象，
你为我而虚构了它，
死羊出自你的头脑，一笔遗产：

杀死你不能拯救的
把你所不能吃的扔掉
把你所不能扔掉的埋葬

把你所不能埋葬的送掉
而你所不能送掉的你必须随身带上
它永远比你所想的要沉重。

沈睿 译

玛格丽特·阿特伍德

当代加拿大最有才华和思想的女诗人，被誉为『加拿大文学皇后』。1939年11月生于渥太华。先后在多伦多大学和哈佛大学受教育，后在一些大学任教。曾担任加拿大国家作协主席。先后获过多种重要的文学奖项。主要诗集有《圆圈游戏》、《那个国家的动物》、《地下铁路的手续》、《强权政治》、《你是快乐的》、《诗选》、《真实的故事》等。此外，她还是评论家和小说家，她的评论对加拿大当代诗歌的发展具有重要意义。小说作品有《可以吃的女人》、《强盗新娘》、《盲刺客》、《羚羊与秧鸡》、《黑暗中的谋杀》等。

赏析

九月属于秋天，秋天属于深沉的思考者。

在第一首诗里，诗人想象一个悲痛的九月，造物主像羊一样出生。但在第二首诗里，一个严峻的问题马上扑了过来：造物主从出生开始就在等待着死亡。多么悲痛的想象！而这想象是『你』给『我』的，是『你』给『我』留下的遗产。你是死亡，诗人是在对着死亡诉说。

是死亡把我们带到最严峻的思考中来——在这严酷的生活中，舍弃你所不需要的，把不能拯救的杀死，把不能吃的扔掉，把不能扔的埋葬，把不能埋的送出，送不掉的是必需的，那就带它上路——只留下一点你必需的东西就够了，不要让你的旅行变得如此沉重。

小皮

最初，我有几个世纪

玛格丽特·阿特伍德

最初，我有几个世纪
可以等待，在山洞里，在皮帐幕里
知道你永远不会归来

接着速度加快，只有
几年时间，从你
全身披挂进出，到那一天
（又是一个春天），送信人来到
把我从绣花架旁惊起。

那样的事发生过两次，说不定
更多，有一回，不太久之间，你打了败仗，
坐在轮椅里回家
蓄了小胡子，晒得黧黑
我简直认不出你。

上一次再上一次，我记得
足足有八个月，很多人
提起裙子在火车旁边奔跑，把
紫罗兰塞进车窗，到
打开阵亡通知书；二十年里
我眼看你的照片变黄。

这是上一次（我赶到机场
来不及换下工作服，扳钳
也忘了取出，插在后裤兜，你在那里
拉上拉锁，戴好头盔
预定行动的时间已到，你对我说
要勇敢）至少三星期之后
我才收到电报并开始悔恨自己。

可是近来，夜晚让人提心吊胆
从广播里发出警告
到爆炸，只有几秒钟：
我的双手
都来不及伸向你

这几个晚上比较平静
你却从椅子上
跳起，晚饭一口没有动
我来不及与你吻别
你已跑到街上他们已经开始射击

李文俊 译

赏析

女人对于战争的记忆尤其深刻。几个世纪以来的战争给人类带来的巨大灾难，男人可能认识得还不够彻底，而女人却不是这样。在部分男人那里，他们可能还津津乐道。但是，女人一谈起战争，就马上意识到它的灾难，她们在战争中是最大的受害者，丈夫的死亡为她们的生活带来的是更为巨大的灾难。

诗人用女性视角透视战争的残酷性，对战争的记忆使得战争的残酷性更加赤裸。

小皮

小链接

玛格丽特·阿特伍德的父亲是一位昆虫学家，因其研究工作的需要，玛格丽特六个月大时，就与全家人一起跟随着他，春天深入安大略、魁北克的北部林区，入冬前又返回城市，就这样年复一年。童年这种生活在丛林和城市两个不同世界的经历，不仅为玛格丽特·阿特伍德的部分小说提供了素材，也为她的《苏珊娜·莫迪的日记》等“自然诗”储备了大量素材。这种文明与蛮荒之间的张力成为她文学作品中最常见的主题之一。此外，丛林的四季变化和父亲研究的昆虫便“变形”成了她作品中最常见的主题和意象之一。

第三辑

阿根廷

Argentina

雨

豪尔赫·路易斯·博尔赫斯

突然间黄昏变得明亮
因为此刻正有细雨在落下
或曾经落下。下雨
无疑是在过去发生的一件事

谁听见雨落下，谁就回想起
那个时候，幸福的命运向他呈现了
一朵叫玫瑰的花
和它奇妙的、鲜红的色彩

这蒙住了窗玻璃的细雨
必将在被遗弃的郊外
在某个不复存在的庭院里洗亮

架上的黑葡萄。潮湿的暮色
带给我一个声音，我渴望的声音——
我的父亲回来了，他没有死去

陈东飙 陈子弘 译

豪尔赫·路易斯·博尔赫斯（1899～1986）

阿根廷诗人、小说家兼翻译家。生于布宜诺斯艾利斯一个有英国血统的律师家庭。1923年出版第一部诗集，1935年出版第一本短篇小说集，从此奠定了他在阿根廷文坛的地位。1950～1953年任阿根廷作家协会主席。1955年任国家图书馆馆长、布宜诺斯艾利斯大学哲学文学系教授。1950年获阿根廷国家文学奖，1961年获西班牙福门托奖，1979年获西班牙塞万提斯奖。后因眼疾而双目近乎失明。博尔赫斯连续十几年获得诺贝尔文学奖提名，却始终未能获奖。著有诗集《面前的月亮》、《圣马丁札记》、《另一个，同一个》、《铁币》、《布宜诺斯艾利斯激情》、《夜晚的故事》等，散文集《我希望的尺度》、《探讨集》、《序言集成》等，短篇小说集《恶棍列传》、《梦之书》、《小径分岔的花园》、《虚构集》等，诗歌散文集《影子的颂歌》、《深沉的玫瑰》等。此外还有《博尔赫斯全集》出版。博尔赫斯被誉为『南美洲的卡夫卡』、『作家中的作家』。

赏析

博学的父亲对早年的博尔赫斯影响很大，因此在父亲去世之后，博尔赫斯时常追忆起父亲。为什么每当一场雨来临，我们就开始追忆往事呢？是因为簌簌的雨声本身，还是因为我们对它的凝望，抑或是因为满地逝去的雨水？在黄昏的雨里，回忆让博尔赫斯的眼前忽然明亮起来，回忆也让过去成为更为幸福的时刻，因为回忆赋予了过去另一种真实。这一场雨，让万物消失，连眼前真实的庭院也消失了。此时，诗人眼里装着一种渴望，渴望父亲在雨中穿越死亡，渴望父亲真实可触的声音。

小皮

我的一生

豪尔赫·路易斯·博尔赫斯

这里又一次，饱含记忆的嘴唇，独特而又与你们的相似。
我就是这迟缓的强度，一个灵魂。
我总是靠近欢乐，也珍惜痛苦的爱抚。
我已渡过了海洋。
我已经认识了许多土地；我见过一个女人和两三个男人。
我爱过一个高傲的白人姑娘，她拥有西班牙的宁静。
我见过一望无际的郊野，西方永无止境的不朽在那里完成。
我品尝过众多的词语。
我深信这就是一切而我也再见不到再做不出新的事情。
我相信我日日夜夜的贫穷与富足，与上帝和所有人的相等。

陈东飙 译

赏析

用一首诗写尽一个人的一生，这几乎是不可能的；但一首诗的力量却可以使一个人的一生更为广阔、完美。

博尔赫斯的一生是独特的，但他自知——他仅仅和每个人的一生一样，有欢乐，也有痛苦。终其一生，博尔赫斯都在寻找词语，而且赋予每一个他找到的词语以别样的意义。但他也知道，他找到的仅仅是词语本身。

我们可以沉醉于一望无际的田野，进入自然事物，甚至成为它们中的一员。博尔赫斯并不认为自己作为一个作家的身份有多重要——『我相信我日日夜夜的贫穷与富足，与上帝和所有人的相等。』正是这种『相等』，才使博尔赫斯的作品抵达不朽。

小皮

诗的艺术

豪尔赫·路易斯·博尔赫斯

看着时间和水汇成的河
会想到时间的河并不一样，
要知道我们会像河流一样消失
而脸庞像水一样流淌。

感到醒是另一种
梦见不做梦的梦，
我们的肉体惧怕的死亡
这每夜的死亡就是梦乡。

在一天或者一年当中
看到人生岁月的象征，
将对岁月的践踏
变成低语、形象、乐声。

在死亡中看到梦，
在日暮中看到忧伤的黄金，
这就是不朽而又可怜的诗歌，
既像黎明又像黄昏。

有时一张面孔，在傍晚
从镜子里将我们端详；
艺术就应该像镜子一样
揭示我们自己的脸庞。

听说乌利希斯，传奇式的英雄，
为爱情啼哭，当看到卑微的国土碧绿葱茏，
艺术就该像伊塔克[1]那样，

① 伊塔克是《荷马史诗》中的英雄乌利希斯（即奥德修斯）的家乡。

并不神奇却万古长青。

它像江河一样奔流不停，既行又止，
像赫拉克里特[1]一样变化无穷，
既是自身又是他物，
像江河一样无止无终。

赵振江 译

赏析

这首诗和博尔赫斯的所有小说一样，需要反复品读，每读一遍，理解都会增多。它紧紧地抓住你，像一块磁铁，它的磁场永远是那么大，你一旦进入，便不可抗拒。

这首诗讲述的是时间、梦、死亡与现实，但诗人把它们全部融入一首诗里，融入到对诗的理解中：『在死亡中看到梦，／在日暮中看到忧伤的黄金，／这就是不朽而又可怜的诗歌』……艺术彰显了我们自己的真实，不仅仅是现实和梦；艺术彰显了永恒，而又不仅仅是神奇。所以，艺术既是一面镜子，又如河流般奔腾不息，『无止无终』。

小皮

① 古希腊哲学家。他认为物质处在不停的变化之中。

小链接

博尔赫斯的母亲莱昂诺尔·阿塞韦多（1876～1975）不仅是一位英美文学的爱好者，还是一位小有名气的翻译家。她曾翻译过霍桑、梅尔维尔、福克纳的一些小说，文笔像她儿子一样优美。她不仅是博尔赫斯生活中的照料者，更是精神意义上的朋友与知音。博尔赫斯的精神领域里深深地刻着母亲的烙印。在庇隆专权的时代，博尔赫斯因反对独裁而深受当局迫害。某个夜晚，急促的电话铃响起，电话那端传来恐吓声："我要把你和你的儿子都干掉！"博尔赫斯的母亲答道："干掉我儿子并不难，你随便哪天都能找到他；至于我，你可得快点儿，我已经九十多岁了，如果你不快点儿，我倒要把我的死因推到你身上。"说完撂下电话熄灯睡觉。在她活着的时候，很少有人敢贸然侵入他们母子俩的生活，直至她以九十九岁高龄辞世。这位伟大的母亲用自己的一生擎起了儿子的文学天空。后人在谈起博尔赫斯的时候，也总会想起他的母亲的荣耀。

莱奥波尔多·卢贡内斯（1874~1938）

阿根廷诗人，多产作家，无可争议的语言大师。生于科尔多瓦省里奥塞科城。二十三岁发表诗集《金山》，一举成名。1896年在布宜诺斯艾利斯参与主办了无政府主义刊物《山》。著有诗集《花园的黄昏》、《伤感的月历》、《百年颂》、《忠贞集》、《罗曼果》、《祖先的诗篇》、《强盛的祖国》等。

鲜花与星辰

莱奥波尔多·卢贡内斯

寂静笼罩着安详的海面，
那是个最美的夜间。
她沉思着从地平线升起，
俯下那戴着金冠的前额。

寂静的土地里有百合萌生，
星儿乘着她的思绪爬上天庭，
她的韵律激荡着遥远的海滩，
长长的蓝线儿牵动她的心弦。

寂静不断延伸，仿佛已陷绝境，
枯萎的茉莉脱去花瓣，
似悠悠泪水潜入心底，
像消逝的流星陨落天边。

寂静的目光，庄重地扫遍世界，
她在天空俯视一切。
宇宙的颤抖来自她的冲动，
鲜花与星辰是她永恒的价值。

宫殿的果园是大地的芬芳，
夜晚用琵琶的颤音喃喃地吟唱。
在荒凉的世界上只剩下一片荷塘，
还有那无可奈何黯然伤悲的星光。

仪信 译

赏析

鲜花与星辰分别是人间与天上的两种美好事物。什么样的人才配同时拥有这两样事物？

在安静的阿根廷海滨之夜，当诗人的记忆之匣被打开，一切美好的风景如约而至，而这美好的事物又指向永恒——永恒到底有多遥远？

小皮

失去的巢

莱奥波尔多·卢贡内斯

只剩一点枯草
留在树枝上面，
一只忠贞的鸟儿
在林间伤心地呼唤。

上面是天空，下面是路径，
鸟儿的痛苦永远不会停，
站在枝头上
询问着爱情。

它已经带着怨声飞翔
沿着道路啾啾歌唱，
绵羊将柔软的绒毛
留在沿途的针刺上。

可怜、痛苦的鸟儿，
它只会歌唱，
当它歌唱时在把泪水淌
因为它再也找不到自己的巢房。

赵振江 译

赏析

鸟儿的痛苦到底是什么？它的巢已经被掀翻，它失去了在树上的家。作为一只鸟儿，它不能抵达天空，也不能住在大地上。

鸟儿的痛苦显然不仅仅因为失去了巢，它『站在枝头上，／询问着爱情』。也许，真正让它伤心痛苦流泪的是那悬在半空中的没有着落的逝去的爱情，这段爱情让它『带着怨声飞翔』，让它找不到家的方向。

鸟儿失去了巢，鸟儿在歌唱，但歌唱的真的是鸟儿的痛苦吗？这痛苦是不是诗人自己的？人同此心，心同此感。

小皮

我就是那朵花

阿尔韦西娜·斯托尔尼

阿尔韦西娜·斯托尔尼（1892～1938）

阿根廷著名女诗人、剧作家。生于瑞士，1911年回到阿根廷。早年曾任教师和新闻记者，并积极维护妇女的平等权利。前期诗作《甜蜜的创伤》、《无可挽回》、《消沉》和《赭石》，表现出浪漫主义和后期现代主义的特征；后期诗作《七口井的世界》、《假面具与三叶草》等，则显示出向象征主义转变的倾向。其诗作题材多描写诗人痛苦的童年、谋生斗争中的遭遇、对爱情的渴望与幻灭，以及对命运的忍受与反抗等。她的剧作有《世界的主人》、《两出烟火喜剧》和几部儿童剧，题材同她的诗歌相近。此外还著有散文集《爱情的诗篇》。

你的生命是一条大河，滔滔地奔流；
在你的岸边，我美好地生长，不为人所见。
我就是那朵隐藏在灯芯草菖蒲草里的花，
你的滋养是怜悯，然而也许你从未看我一眼。

你涨水时拖走了我，我在你的怀里死去；
你干涸时我就逐渐逐渐地枯萎在泥潭里。
但是我将会重新美好地生长，
当你滔滔奔流的美好日子又再来临。

我就是那朵迷失的花，生长在你的岸边，
我是那么谦卑沉静，在所有的春天。

王央乐 译

赏析

这是一首直白的爱情诗。

我就是那朵花，在河流边美好地生长，悄悄地开放。我就是那朵被流水忽略了的花，那朵被流水带走的花，那朵在流水中死去的花。

为什么我能获得重生，重新美好地生长？因为花的信念，因为花对流水的情意，因为那『滔滔奔流的美好日子又再来临』。

小皮

第四辑

智利

Chile

死

巴勃鲁·聂鲁达

假如你突然不再存在，
假如你突然不再活着，
以及暗紫色的甜蜜。
只不过几英里的暗夜，
乡村破晓时分
潮湿的距离，
一把泥土分隔了我们，墙壁
透明
我们却不曾越过，因而生命，
此后，得以在我们之间
安排了重重海洋与大地，
而我们终能相聚，
超越了空间，
一步一步相互寻觅，
从一个海洋到另一个海洋，
直到我看见天际在燃烧
你的发丝在火光中飞扬
你带着拴不住的流星火焰
奔向我的亲吻，
当你融入我的血液，
我嘴里就尝到了
我们童年
野李子的甜蜜，
我把你紧紧抱在怀里
就像重获了生命与大地。

佚名 译

巴勃鲁·聂鲁达（1904～1973）

智利当代著名诗人，1971年诺贝尔文学奖获得者。1904年7月12日生于智利中部小镇派罗。十岁开始写诗，十六岁（1920年）开始发表作品，并开始使用笔名『聂鲁达』。1924年出版诗集《二十首情诗和一支绝望的歌》，引起文学界关注，从此登上智利诗坛。其诗作继承了智利民族诗歌的传统，又借鉴了西班牙民族诗歌的特色，并受到了波德莱尔、兰波等法国诗人的影响，甚而追求惠特曼的自由诗形式。主要作品包括《黄昏》、《二十首情诗和一支绝望的歌》、《地球上的居所》、《西班牙在我心中》、《诗歌总集》、《伐木者，醒来吧》、《元素之歌》、《葡萄园和风》、《新元素之歌》、《一百首爱情十四行诗》、《英雄事业的赞歌》等。此外，聂鲁达还是出色的翻译家，译有法朗士、威廉·布莱克、惠特曼、波德莱尔、兰波、里尔克和莎士比亚等人的作品。

赏析

死亡是难以想象的，一切关于死亡的看法都是并且只能是从生出发的——当然这一切有可能就是死亡本身。

聂鲁达写到死亡，却没有一点悲凉。他写两个人在死亡之中的融合。在死后，我们融入生命的大气流中、火光之中……而我们该以什么样的方式存在？『当你融入我的血液，/我嘴里就尝到了/我们童年/野李子的甜蜜』。两个从童年开始分开的人又沉默地回到最初。多么美好的想象！然而这不也是对现实的一种不信任吗？『我把你紧紧抱在怀里/就像重获了生命与大地。』不更意味着现实大地和生命的沦丧吗？一首期望的曲子同时也是一首挽歌。

吴功青

不只是火

巴勃鲁・聂鲁达

是啊，我记得，
啊你闭上的眼睛
好像从里面充满了黑色的光线，
你的全身像张开的手，
像一丛白色的月光，
以及狂欢，
当雷霆击杀我们，
当利刃砍伤根脉，
光线击向发茨，
当我们
逐渐逐渐地
复苏，
好像浮自海洋，
从沉船
负伤回到
石头与红色海藻之间。

可是
还有别的记忆，
不只是来自火焰的花朵
还有小小的萌芽
突然出现
当我搭上火车
或在街上。

我看你
洗我的手帕，
在窗口
挂我的破袜，
在你的身上，一切欢愉

如电光石火，一闪即逝，
你的身段依然，
再度是，
每一天的
小妻子，
再度是人，
谦卑的人，
穷得骄傲
就像你要做的，不是
爱情灰烬消融的
敏捷的玫瑰
而是所有的生活，
所有的生活，包括肥皂与针线，
包括我所喜爱的气味
我们或将没有的厨房
在那里你的手拨弄炸土豆
你的嘴在冬天歌唱
直到烤肉上桌
这就是我要的天长地久
大地上的幸福。

啊我的生命
不只是火，燃烧我们
还有所有的生活，
简单的故事，
简单的爱情，
女人和男人
像每一个人。

程步奎 译

赏析

年轻人应当听听诗人的忠告：『不只是火』。生活甚至生命，除了奔腾的激情，还有更为艰难的东西——柴米油盐，生活中『小小的萌芽』……

年轻时我们总以为生命就像蜡烛那样燃烧，却不懂得生命其实还有更为深沉的方式。而纯粹激情的爱同时也可能只是昙花一现的爱。在生活中，我们不难发现许多这样的人，他们充满激情地爱着，然而一旦在现实生活中遇到具体的事情，就会暴露出比常人更卑劣的一面。俄罗斯作家陀思妥耶夫斯基在《卡拉马佐夫兄弟》中这样写道：『我要说，有两种爱：一种是形而上的爱，它是一次性的、激情的，停留在语言和空中……另一种爱，我们姑且称之为科学的爱，它是艰难的、清冷的、漫长的、泥泞的……』聂鲁达在这首诗中所说的正是第二种爱。一个女人付出的平淡的一切——洗衣、做饭，承受命运的重量。这才是最珍贵、最难以达到的。是的，生命『不只是火』，同时火也在水中流淌。激情最终要变为生命自身的深沉。

吴功青

孤 独

巴勃鲁·聂鲁达

未发生过的事情是如此突然
我永远地停留在那里，
什么都不知道，别人也不知道我，
好像我在一张椅子下，
好像我失落在夜中——
如此这样又不是这样
但我已永远地停留。

我问后面来的人们，
那些女人们和男人们，
他们满怀如此的信心在做什么
他们如何学会了生活；
他们并不真正地回答，
他们继续跳着舞和生活着。

这并没在一个已经决定
沉默的人身上发生，
而我也不想再继续谈下去
因为我正停留在那里等待；
在那个地方和那一天
我不知道发生了什么
但我知道现在我已不是同一个人。

沈睿 译

赏析

聂鲁达的孤独来自对生命和自身的要求。诗人不明白『他们满怀如此的信心在做什么/他们如何学会了生活』，就如我们的时代一样。不同的人有不同的选择，却很少有人认真思索过——不同的选择带来的不同结果以及为何要选择这种而不去选择另一种……一切都在被『另外的东西』（如金钱）所推动、左右。

诗人的孤独就在这对未来、对生命意义的追问中——我们必须停下来，思考一些事情。我们不能不去思索一些东西。『而我也不想再继续谈下去/因为我正停留在那里等待』。是的，我们必须更深沉地等待，就像等待一个人的出现……从这个意义上讲，孤独应是人存在的最根本的方式——你要思考，就不得不孤独。

吴功青

雨

巴勃鲁·聂鲁达

不，女王最好也不要认出
你的面孔，这更甜美
这方式，我的爱，远比偶像更甜美，
你的头发的重量在我手中，你还记得吗？
杧果树的花朵落在
你的发间？这些手指不像
洁白的花瓣：看看它们，它们像根，
它们像石头击中正滑动的
蝎子。别害怕，我们正在等待雨的降临，赤裸着，
雨，正同样地降临在马努塔拉山上。

就像习惯了敲击石子，
雨降在我们身上，温柔地把我们冲洗
到拉努拉拉库山洞下的
暗淡中。就这样吧，
别让渔夫或卖酒的摊贩看到你。
把你燃烧着的双乳埋入我的口中吧，
让你的头发成为我的小小的黑夜，
潮湿而芬芳的黑色封住了我。

夜里我梦见你和我是两株植物
长在一起，根缠在一起，
而你了解土地和雨就像知道我的嘴，
因为我们是由土地和雨制造的。有时，
我想由于死亡我们将睡着，沉入
偶像脚下的深处，查看
把我们带到这里建造和做爱的海洋。

当它们遇到你时，我的双手并未硬如铁，
另一个海的水流过它们好像流过一张网；

现在，水和石头隐藏着种子和秘密。

睡着，赤裸着，爱我吧：在岸边
你像岛屿；你困惑的爱，
你惊异的爱，隐藏在梦的深渊，
像环绕着我们的大海的波动。

当我也开始进入你的
爱的睡眠中，赤裸着，
把我的手放在你的胸前让它
与被雨弄湿了的乳头一起颤动。

沈睿 译

赏析

雨水从天而降，滋润了我们的心灵。『女王最好也不要认出/你的面孔，这更甜美』。无论你隶属什么样的民族、什么样的背景，雨水对我们一样保持缄默。『雨降在我们身上，温柔地把我们冲洗』。每一次感受雨都好像灵魂的一部分在沐浴——啊，若沉下心来，哪里都是雨声——我们睡眠的地方，我们爱的地方，听吧，这久违的温柔。

吴功青

光笼罩你

巴勃鲁·聂鲁达

夕阳用它微弱的光芒笼罩你。
沉思中的你，面色苍白，背对着
晚霞那衰老的螺旋桨
围绕着你不停地旋转。

我的女友，默默无语，
孤零零地与这死亡时刻独处
心里充盈着火一般的生气，
纯粹继承着业已破碎的白日。

一束光芒从太阳落至你黑色的衣裳。
一条条巨大的根茎在夜间
突然从你心田里生长，
隐藏在你心中的事物再度显现。
因此一个苍白的蓝色民族
一降生便从你身上汲取营养。

啊，你这伟大、丰盈而迷人的女奴
从那黑色与金黄的交替循环里，
挺拔屹立，完成了生命的创造
鲜花为之倾倒，而你充满了伤悲。

李宗荣 译

赏析

迷人的黄昏，当一个美丽的女子在夕阳下静静沉思，你会感到生命是如此自然、纯净。时光永不衰老，并且恒久延续……『我的女友，默默无语，/孤零零地与这死亡时刻独处』。美好的女性，必须能经受住生命自身的重量，并以沉思将它消化。歌德在《浮士德》的结尾写道：『永恒之女性，引领我们飞升』。她们的洁净使她们发出光芒，就像太阳凭借自身的丰盈普照万物。『因此一个苍白的蓝色民族/一降生便从你身上汲取营养。』聂鲁达说的是一位女性，蓝色民族指的是那些可爱的『根茎』。这个美丽的人，『鲜花为之倾倒，而你充满了伤悲。』闪着晶莹的大眼睛，使生命女神惊讶地颤动！

吴功青

天意

卡夫列拉·米斯特拉尔

一

如果你出卖我的灵魂，
大地会变成你后续的母亲。
河水会变得凄凄惨惨，
从上到下冷汗淋淋。
自从你和我订下婚约，
世界变得多么美丽动人。
当我们靠着一棵带刺的树
相对无言，默默倾心。
爱情啊，像树上的刺儿一样
将我们穿在一起，用它的清馨！

如果你出卖我的灵魂，
大地会叫你毒蛇缠身。
我要毁掉痛苦的膝盖，
你会永远断子绝孙。
耶稣的光辉将在我胸中熄灭，
一反常态——在我的家门：
乞丐的手臂会被打断，
还要驱赶受难的妇人！

二

你对人的亲吻，
会传到我的耳边，
因为深深的岩洞
为我传递你的语言。
路上的尘土
会保存你脚掌的气味，
我会像小鹿一样闻着
跟随你跑遍群山……

卡夫列拉·米斯特拉尔（1889～1957）

二十世纪拉丁美洲最杰出的女诗人。原名卢西拉·戈多伊·阿尔卡亚加，出生于智利首都圣地亚哥以北的埃尔基河谷。自幼生活清苦，未曾进过学校，靠做小学教员的同父异母的姐姐的辅导及自学获得文化知识。十四岁开始发表诗作。1914年，以《死的十四行诗》而获圣地亚哥花节诗歌比赛第一名。1922年出版第一部诗集《孤寂》，突破了当时风行于拉丁美洲的现代主义诗歌风格。1945年，『因为她那富于强烈感情的抒情诗歌，使她的名字成为整个拉丁美洲的理想的象征』，她获得了诺贝尔文学奖，成为拉丁美洲第一位获得该奖的诗人。1957年1月10日，她因病客死他乡（美国纽约），之后遗体被运回祖国。主要诗集和散文集有《绝望》、《柔情》、《智利掠影》、《母亲的诗》、《有刺的树》、《葡萄压榨机》、《智利的诗》等。

云彩会将你爱的人
画在我房子上面。
你像小偷一样去把她亲吻，
钻进她心里边。
当你捧起她的脸
会看到我的珠泪串串。

三

如果你不和我一起行走，
上天会叫你失去阳光；
会叫你没有水饮，
如果水中不映着我的形象；
会叫你彻夜不眠，
如果你不是枕在我的发辫上。

四

哪怕你在长满青苔的路上行进
也会震碎我的灵魂，
无论在山地还是平原
饥渴都会将你撕啃。
无论在哪个国家的黄昏
晚霞都是我创伤的血痕。

尽管你在招呼别的女人，
我仍在倾听你的声音。
我会像一股盐水，
渗入你的喉咙藏身。
无论你渴望、歌唱或仇恨，
都只能为了我一个人！

五

如果你走了并死在远方，
你要在地下等上十年。

把手捧得像瓢儿一样
让我的泪水流在里边。
你会觉得那痛苦的肌体
在使你全身发颤，
直到我的尸骨全化成粉末
撒在你的脸儿上面！

赵振江 译

赏析

爱的魔力真是巨大，它能把一个天真的姑娘变成一个女巫——愈是深刻、炽烈的爱，愈是有可能深藏着温柔的咒语。

『如果你出卖我的灵魂』——如果，仅仅是如果——我也会诅咒你。因为此时，诗人的爱情感受是如此甜蜜而温馨，于是她天真地以诅咒的方式让恋人永远走不出她的魔咒。她甚至使用了最为恶毒的咒语，诸如『毒蛇缠身』、『断子绝孙』等。

对于背信弃义的人来说，爱情必将是一杯苦酒，锥心刺骨的爱情必将毁灭他们。在爱情毁灭的时候，世界也将颠倒秩序：『乞丐的手臂会被打断，/还要驱赶受难的妇人！』世界没有了爱，也就无所谓怜悯。如此疯狂的爱情你敢拥有吗？如果你没有充分的心理准备和心理承受能力，请不要轻言爱情。

小皮

痴 情

卡夫列拉·米斯特拉尔

天哪，
请闭上我的双眼，
封住我的嘴唇，
时间纯属多余，
言语全然说尽。

他看着我，我看着他，
久久没有说话。
目光凝滞像丢失了魂魄，
面色惨白在惊恐挣扎。
经过了这样的时刻，
一切都成了虚话！

他声音颤抖，
我结结巴巴，
忧伤苦闷，
糊里糊涂地回答。
我讲了他和我的命运
注定是血和泪的混杂。

从此后，我知道
一切都成了虚话！
任何脂粉都会在泪水中消融，
流下我的脸颊！

耳朵听不见声音，
嘴巴不能说话。
在毫无生气的大地上
一切都失去了意义，
无论是血红的玫瑰

还是沉默的雪花！

天哪，我不曾将你呼叫，
哪怕是辘辘饥肠，
可现在我却要求你：
让我的脉搏停止，将我的眼睛闭上！

请为我遮挡清风，
清风会把他的声音吹向远方；
请让我摆脱烈日，
烈日会驱散他的形象。
请接受我吧，
我满怀激情地前往，
激情满怀！就像注满洪水的大地一样！

赵振江 译

赏析

米斯特拉尔早期的诗深受爱情的滋养，义无反顾的爱情燃烧着她的整个一生。由于用情太深，她常常陷入忧郁、担忧。几次失败的爱情在她的一生中带来更多的是痛苦和忧伤，『是血和泪的混杂』。

小皮

我不孤独

卡夫列拉·米斯特拉尔

夜晚多冷清
山地到海洋。
可我摇着你
心中不凄凉！

天空多冷清
月亮落海上。
可我抱紧你
心中不凄凉！

世界多冷清
肌体多悲伤。
可我贴紧你
心中不凄凉！

赵振江 译

赏析

这是一曲爱的歌谣。一个充满幻想的小女孩，像呵护着她的童话王国一样守护着她的爱情。而此时，海上升起了明月，夜晚的天空清冷无边。从『摇着你』、『抱紧你』到『贴紧你』，在这样一个清冷的夜晚，她就不感到孤独了。可是，一旦他离开了呢？拥有幸福的人总是患得患失。世界就是这样，有多少爱，就有多少孤独——即便不孤独也只是暂时的。

小皮

第五辑

墨西哥

Mexico

如一个人听雨

奥克塔维奥·帕斯

奥克塔维奥·帕斯（1914～1998）

墨西哥著名诗人、散文家、文艺批评家、社会活动家和外交家，在当代拉美和世界文坛享有盛誉。1963年获比利时国际诗歌大奖，1981年获西班牙塞万提斯文学奖，1990年获诺贝尔文学奖。《太阳石》是他获奖的代表作。除《太阳石》外，主要作品有《向下生长的树》、《假释的自由》、《火种》、《清晰的过去》、《转折》、《孤独的迷宫》、《印度纪行》等。此外，他还翻译了中国唐宋时期一些诗人的作品，收录在《翻译与消遣》中。

倾听我如一个人听雨，
不专注，不分心，
轻盈的脚步，细薄的微雨
那成为空气的水，那成为时间的空气，
白日还正在离开，
然而夜晚必须到来，
雾霭定形
在角落转折处，
时间定形
在这次停顿中的弯曲处，
倾听我如一个人听雨，
无须倾听，就听见我所言的事情
眼睛朝内部睁开，五官
全都警醒而熟睡，
天在下雨，轻盈的脚步，音节的喃喃低语，
空气和水，没有分量的话语：
我们曾是及现在仍是的事物，
日子和年岁，这一时刻，
没有分量的时间和沉甸甸的悲伤，
倾听我如一个人听雨，
湿淋淋的沥青在闪耀，
蒸雾升起又走开，
夜晚展开又看我，
你就是你及你那蒸雾之躯，
你及你那夜之脸，
你及你的头发，从容不迫的闪电，
你穿过街道而进入我的额头，
水的脚步掠过我的眼睛。
倾听我如一个人听雨，
沥青在闪耀，你穿过街道，

这是雾霭在夜里流浪，
这是夜晚熟睡在你的床上，
这是你的气息中波浪的汹涌，
你那水的手指弄湿我的额头，
你那火的手指焚烧我的眼睛，
你那空气的手指开启时间的眼睑，
一眼景象和复苏的泉水，
倾听我如一个人听雨，
年岁逝过，时刻回归，
你听见你那在隔壁屋里的脚步了吗？
不在这里，也不在那里：你在另一种
成为现在的时间中听见它们，
倾听时间的脚步，
那没有分量、不在何处的处所之创造者，
倾听雨水在露台上奔流，
现在夜晚在树丛中更是夜晚，
闪电已依偎在树叶中间，
一个不安的花园漂流——进入，
你的影子覆盖这一纸页。

董继平 译

赏析

帕斯的诗犹如迷宫，而这首诗则是一座细雨中的迷宫，我们迷失在诗人的低语中。『倾听我如一个人听雨』，诗人的内心世界与细雨蒙蒙的世界是同一的，既有雨之轻盈，也有雨之悲伤。湿淋淋的沥青的闪耀，雨雾的升起蔓延，都是诗人内心情绪的外化。通过这些意象，诗人婉转地呈现出了一个人此刻内心的迷惘、忧郁和潮湿。诗中的『你』并无确切所指，只是抒情诗中一种惯用的表述方式。实际上，这首诗从头至尾都是诗人一个人在描摹自己的内心，反思自我。『年岁逝过，时刻回归，/你听见你那在隔壁屋里的脚步了吗？』这不过是诗人的自问罢了。

小皮

夜 曲

奥克塔维奥·帕斯

马眼睛的黑夜在黑夜里颤动，
水眼睛的黑夜在沉睡的田野上，
它是在你的颤动的马眼睛里，
它是在你的秘密的水眼睛里。

阴影的水的眼睛，
井里的水的眼睛，
梦中的水的眼睛。

寂静和孤独，
犹如两匹小兽，在月儿的引导下
就饮于这些水，
就饮于这些眼睛。

如果眼睛张开
就打开了苔藓的门的黑夜，
如果水的秘密王国打开
水就从黑夜的中心涌流。

如果它们闭上，
一条河，一条甜蜜而寂静的河水
就会从中心把你淹没，向前流，使你黑暗，
黑夜在你的灵魂里湿润了河岸。

王央乐 译

赏析

马的眼睛，水的眼睛，沉睡的田野，秘密的王国……这首诗不再是依赖词语的内涵而筑起的迷宫，而是一条在词语的音响中低语的河流。蒙着夜色，我们无法清晰地看见，但它却近在我们耳畔，如同挂在我们的耳朵上一样。然而这流水的声音到底是什么？是一种古老的智慧、一个传说，还是一种或喜或悲的情绪？不，它讲述的仅仅只是夜晚的寂静、孤独。在这样寂静、孤独的夜晚，水从万物中静静渗出，如同秘密的水的王国打开了大门，而灵魂则如孤岛，被水环抱、淹没，浸透在湿润之中。黑夜的寂静和孤独，滋养了干燥的灵魂。

哑巴

忘却

奥克塔维奥·帕斯

闭上你的眼睛，
在黑暗中消失，
消失在你眼帘的红色枝叶里。

你在声音的螺旋中沉落，
那声音嗡嗡作响，在远方回荡；
仿佛震耳欲聋的瀑布
传向有鼓的地方。

让你的存在在黑暗中下落，
淹没在你的皮肤
以及你的内脏里；
骨骼，青紫色的闪光，
使你眼花、目光迷离。
在黑暗的深渊和海湾中，
愚蠢的火张开它那蓝色的冠羽。

在梦的那种液体阴影中，
浸湿你那赤裸的肉体；
丢掉你的形状吧，
谁把泡沫丢在岸边却不知。
你消失在你那无限的
无限的存在里吧，
大海汇入另一个大海，
你忘掉自己吧，也把我忘记。

在这没有年纪也没有尽头的忘却里，
语气、亲吻、爱情，一切都会再生，
星星是黑夜的子女。

朱景冬 译

赏析

记忆是一条绳索，人们用它来维系今昔；而忘却则是内心的一场大火，将记忆的绳索焚毁。往事——时光的建筑，在这场大火噼啪的燃烧声中，灰飞烟灭；同时，自我也被忘却了，或者说自我才是忘却的核心：『你忘掉自己吧，也把我忘记。』

然而忘却只是为了新的生成，犹如星辰诞生于黑暗。在一切有形之物重新回到无形、有限归于无限之后，『在这没有年纪也没有尽头的忘却里』，我们可以重新开始创造。创造即『无中生有』。柔韧的心灵能不断地回到鸿蒙之初，开掘自我的新生之力——效仿四季，生生不息。因而当我们发现，内心已经朽坏，何妨做一个『纵火犯』——看漫天火起，凤凰涅槃。一颗明净纯洁而强大的心，必从此生成——『星星是黑夜的子女。』

哑巴

第六辑

尼日利亚

Nigeria

安魂曲（节选）

渥雷·索因卡

1

你把你仍在掠地飞行的
淡淡的悒郁留在静静的湖面上。
这里黑暗蹲伏，白鹭舒展羽翼
你的爱宛若游丝一绺。

2

此刻，请听干风的悲歌。这是
习艺的时刻，你在
奇异的不安中传授
没有痛苦的陨亡。
哀愁是微明对大地的亲吻。

我无意用云彩雕刻
一只软枕，让你安睡。
然而我惊异，你缠绕生长得很快
当我将你折起放进我多荆棘的胸间。
如今，你的血滴
是朦胧的白昼里我的忧伤
黄昏时苦涩的露珠，也是
头发根露珠缀成的逶迤细流
情欲从那里升起。忧伤，忧伤
你羽毛般的泪水流在
长了荆棘的拱壁间的裂隙里，很快不见，
我需要把它都吮吸干净。到那时它就像
干燥的忧伤空气，而我也能
号啕痛哭，像下雨一样。

李文俊 译

渥雷·索因卡

尼日利亚小说家、剧作家、诗人、评论家。1934年生于尼日利亚西部一个小城。十八岁考入尼日利亚伊巴丹大学，求学期间开始发表诗作。1954年获奖学金并赴英国利兹大学攻读文学，研究古希腊戏剧理论，同时广泛涉猎莎士比亚、布莱希特和贝克特等戏剧大师的作品。1960年回国，创建国家剧院，组织著名的1960年「假面剧团」、奥里森剧团等。1986年，由于他「以其广阔的文化视野和富有诗情画意的遐想影响了当代戏剧」，而获得诺贝尔文学奖。他是第一位获此殊荣的非洲作家。主要作品有《沼泽地的居民》、《雄狮与宝石》、《森林之舞》、《疯子和专家》、《伊当洛及其他》、《解释者》等。《解释者》被看做可与乔伊斯和福克纳的作品相媲美的不朽之作。

赏析

《安魂曲》本是哀伤的，是一种布道、一种安慰，也是一种从生命底层生发的融合。索因卡的诗，和他的戏剧一样，有着强烈的矛盾冲突。而正因这丰富的矛盾所要求的斗争，使得他笔下的《安魂曲》获得了更为深刻的东西。我们的灵魂，总是在剧烈的摇摆之后归于宁静，在宁静中弥漫着淡淡的哀伤。『哀愁是微明对大地的亲吻。』爱人的泪水，仇人的纷争，最后都要落在大地至深的怀抱里。就像我们儿时在母亲的怀中一样，没有什么能使我们恐惧。

吴功青

我想正在下雨……

渥雷·索因卡

我想正在下雨
那些舌头会从焦渴中松弛
合拢嘴的烟囱顶，与良知一起沉重地悬挂于半空

我曾看见它从灰烬中
升起突现的云朵。沉降
他们如入一轮灰环，在旋转的
幽灵内部。

哦，必须下雨
这些头脑中的围墙，把我们捆绑于
奇怪的绝望，讲授
悲哀的纯洁。

雨珠怎样在
我们七情六欲的羽翼上敲击
纠缠不清的透明体，在残酷的洗礼中
使灰暗的愿望凋敝。

雨中的芦苇，在收获的
恩赐中奏响芦笛，依然挺立
在远方，你与我土地的结合
将屈从的岩石剥得裸露无遗。

马高明 译

赏析

向往自然的人必向往自然深处的和谐与自然深处伟大的精神。默思一片雪，我们能感受到与她们一样的纯洁；怀念一束凋谢的花，其芬芳曾让我们的灵魂战栗。『我想正在下雨』，不如说，诗人正需要一场雨！正如『哦，必须下雨/这些头脑中的围墙，把我们捆绑于/奇怪的绝望，讲授/悲哀的纯洁』。雨水从天而降，昭示着我们狭隘的生存。看看这雨吧！雨从天而降，落向苍茫大地，美得如此短暂，却又如此反复循环。收获这时刻吧！把我们全部的忧伤都用来赞颂！生命给了我们无数痛苦，更给了我们面对痛苦的信心和勇气，给了我们选择高尚和纯洁的希望——就如这雨水，将过往的一切忧郁都聚集为一瞬的幸福。

吴功青

第七辑

尼加拉瓜

Nicaragua

她

鲁文·达里奥

你们认识她吗？她是令人神迷的花朵
沐浴着初升的阳光
偷来朝霞的颜色
我的心灵将她当做一首歌。

她活在我孤寂的脑海
在黄昏的星空中我方能望到
在日落失去光辉的时刻
她是天使，带走了我的祈祷。

在花儿的白色花蒂
我方能闻到她那芬芳的气息
在东方曙光中，她露出粉脸
无论何处，她都使我着迷。

你们认识她吗？她的生命便是我的生命，
她把我细细的心弦拨得铮铮：
她是我豆蔻年华的芬芳，
是我的光明、未来、信心和黎明。

为她，我什么都能办到，对她的崇敬
像百合花对那晶莹的甘霖，
她是我的希望，是我的哭泣，
我的青春和神圣的理想。

我将她的爱情当做
忧伤和孤独生活中的神圣梦境
我把美妙的歌声奉献给她
这悲怆的歌声将为我过去的幻想送终。

陈光孚 译

鲁文·达里奥（1867～1916）

尼加拉瓜诗人，拉丁美洲现代主义诗歌的代表人物，是拉丁美洲迄今最负盛名的诗人，被誉为这块大陆的『诗圣』。他的诗歌对欧美诗坛产生了深远影响。鲁文·达里奥的主要功绩在于他突破了西班牙殖民时期的诗歌格律和诗风，并成功地将法国高蹈派和象征主义的风格糅进拉丁美洲诗歌，从而极大地促进了拉美诗歌的发展。著有诗集《牛蒡》、《兰》、《亵渎的散文》和《生命与希望之歌》等。

赏析

『她』让人嫉妒——诗人把最美好的东西都给了她，把她当做神秘的花朵，心中美妙的音乐。她如此深沉，『在黄昏的星空中我方能望到』；『她是天使，带走了我的祈祷』。是的，这些我们爱着的，不正像天使一样掠去了我们对世界全部的爱吗？

『你们认识她吗？』美好的人，她赐予了他丰富的灵感和纯净的生命，『她的生命便是我的生命，／她把我细细的心弦拨得铮铮』。为了心中所爱的，我们又怎能不更加善良？『她是我的希望，是我的哭泣，／我的青春和神圣的理想。』多么美好的情感！愿你的生命中也有这样一位天使，成为你的希望和光芒、青春和理想，彼此深深付出，透明而幸福。

吴功青

第八辑

印度

India

第一次的茉莉花

罗宾德拉纳特·泰戈尔

啊，这些茉莉花，这些白的茉莉花！
我仿佛记得我第一次双手满捧着
　　这些茉莉花，
这些白的茉莉花的时候。
我喜爱那日光，那天空，那绿色的大地；

我听见那河水淙淙的流声，在漆黑的
　　午夜里传过来；
秋天的夕阳，在荒原上大路转角处迎我，
如新妇揭起她的面纱迎接她的爱人。

但我想起孩提时第一次捧在手里
　　的白茉莉，
心里充满着甜蜜的回忆。
我生平有过许多快活的日子，在节日
　　宴会的晚上，
我曾跟着说笑话的人大笑。
在灰暗的雨天的早晨，我吟哦过许多
　　飘逸的诗篇。
我颈上戴过爱人手织的醉花
　　的花圈，作为晚装。
但我想起孩提时第一次捧在手里
　　的白茉莉，
心里充满着甜蜜的回忆。

郑振铎 译

罗宾德拉纳特·泰戈尔（1861~1941）

印度著名诗人、作家、艺术家和民族主义者。生于印度加尔各答市一个有着深厚文化教养的家庭。1913年，他凭借《吉檀迦利》获得诺贝尔文学奖，成为亚洲第一位获此殊荣的作家。在长达七十年的创作生涯中，他共写了五十多部诗集，十二部中长篇小说，一百余篇短篇小说，二十多部剧本，并创作了一千五百余幅画和两千余首歌曲，印度国歌便是其中一首。著有诗集《园丁集》、《新月集》、《飞鸟集》、《吉檀迦利》、《流萤集》等，短篇小说《还债》、《弃绝》、《摩诃摩耶》等，中篇小说《四个人》等，长篇小说《沉船》、《家庭与世界》、《两姐妹》等。重要剧作有《时代的车轮》等，散文有《死亡的贸易》、《在中国的谈话》、《俄罗斯书简》等。1924年，泰戈尔访问中国，回国后撰写了许多文章，表达了对中国人民的友好情谊。

赏析

泰戈尔的诗歌之美在文学史上是少见的，它们如蜻蜓的羽翼，柔软、唯美、透明。读他的诗，令人有种置身梦境的感觉。

第一次看见的茉莉花，在泰戈尔笔下，唯美至极。当诗人重新看见这些白色的花朵，过去的芬芳仿佛穿越时空，弥漫而来，连同那淙淙的流水声。『秋天的夕阳，在荒原上大路转角处迎我，／如新妇揭起她的面纱迎接她的爱人。』一朵花在大路的拐角处突然出现，不就像一位新妇对爱人的期待吗？如此深情，诗人的『心里充满着甜蜜的回忆』。这里有一种回旋的音乐感，现在和过去凝聚为一瞬。任何过去的美好都比不上这一瞬——世上最纯美的情感绽放。

吴功青

小链接

泰戈尔曾有一件与写作有关的趣事。

一天中午，泰戈尔在房间里阅读印度古诗。他忽然想模仿着写几首，于是很快就写了出来，接着想出了一个鬼主意。他找到了一个编辑朋友，对他说："有人在我家的书库里发现了一本古老的手稿残本，我从上面抄了名叫婆奴·辛格的古代诗人的几首诗。"说完，就把自己的那几首仿作给朋友看。朋友看了，大声叫好，欣喜若狂地说："这是我看到的写得最好的古诗！这是一个重大发现！我一定要立即拿去发表出来！"这几首署名婆奴·辛格的诗最终真的发表了。大家都以为是古代诗人的作品。

一个博士在撰写印度古代诗歌的论文时还提到了这件事。

谁也不知道这竟是顽皮的少年泰戈尔制造的一个骗局。

第九辑

日本

Japan

古池

松尾芭蕉

松尾芭蕉（1644～1694）

日本江户时代著名俳谐大师。生于伊贺上野（今三重县上野市）。松尾芭蕉在贞门、谈林两派成就的基础上把俳谐发展为具有高度艺术性和鲜明个性的庶民诗。他的作品被日本近代文学家奉为俳谐的典范，松尾芭蕉则被日本人民奉为『俳圣』。著有俳谐作品《俳谐次韵》、《虚栗》、《冬日》等，散文作品有《奥之细道》（又译为《奥州小道》）、《野曝纪行》、《鹿岛纪行》、《笈之小文》、《更科纪行》、《嵯峨日记》等。

青蛙跃入池，
古池发清响。

佚名 译

赏析

周作人曾说，松尾芭蕉是俳谐开山的祖师，他将连歌从模拟与游戏中救了出来，变成一种寄托自然与人生的文艺，所写文章遂成为俳文的首源。松尾芭蕉的名句如此简约，而意境却让人无限神往，不愧是王维『人闲桂花落，/夜静春山空』的东瀛知音，有『鸟鸣山更幽』的意韵，味道却没有王维的诗圆润，反倒有些晦涩和玄妙。上句纯写动作，没有任何渲染；下句中的『清响』一词则有着绝佳的效果，人的心绪在无边的宁静中忽然一动，又恢复了宁静。这不是一种律动，而是一种扯动。松尾芭蕉着意渲染了这种扯动，反衬出古池之幽深。这首诗是日本美学范畴中『幽玄』的显露——小小青蛙的跳跃让古池更为幽深难测。

哑巴

自由存山林

国木田独步

自由存山林。
每吟此句我的心潮涌。
啊！自由存山林，
我为何离弃山林。

虚荣引我走上都市之途，
十年日月在尘土中消遁。
抬头远望自由之乡，
已在云山千里之外浮沉。

拭目望天外，
远方朝阳冰雪峰。
啊！自由存山林，
每吟此句我的心潮涌。

我心中的故乡何在？
我本是那山林的儿孙。
回首千里江山，
看我自由之乡正在云底归隐。

罗兴典 译

国木田独步（1871～1908）

日本近代小说家、诗人。本名国木田哲夫，生于千叶县一个下级官吏家庭。1888年入东京专门学校（早稻田大学前身）学习，期间接受洗礼，成为基督教徒。曾任职杂志编辑、教师、新闻记者等。一生写有几十篇短篇小说和大量诗歌、评论、书简、日记等，主要成就是小说创作。著有诗集《独步吟》、抒情诗文《武藏野》、小说集《独步集》、日记《诚实日记》等。其诗歌具有平易、朴素的风格特点。

赏析

这首诗与陶渊明的《归园田居》中的理想境界相似。诗人直抒胸臆，表达了归隐的渴望。但是，对于近代的日本人来说，山林不过是冰雪般澄明的理想境地罢了，而不是人能再返的栖息之地。「虚荣」是人们舍弃净土、陷入红尘泥淖的根源。但是，净土自身也因虚荣而消退了。山林何在？山之高可脱离尘俗，林之深可绝世交通，从而永葆诗人天然的自由。但是诗人找遍了千里江山，却依旧未能找到山林之所在，因为山林的自由就在心中，但心已染尘，自由之乡也就在云底归隐了。现代社会中，恐怕山林只能在心中开辟，而不能在社会中找到具体所在。卢梭援引塞涅卡的话说，只要我们一心向善，就能得到拯救。而向善之心，就是赤子之心，就是天然之心。诗人反复吟咏故乡和山林的纯美而不可得，悔恨陷入尘世的困顿。但是只要心存善意，总能看到天外山林的晶莹冰雪。能一睹此景，已算是内心救赎的第一步。语调的恳切和节奏上的一唱三叹是这首诗在形式和情感上的亮点。

哑巴

醉 歌

岛崎藤村

你我相逢在异域的旅途
权作一双阔别的知音
我满眼醉意，将袖中的诗稿
呈给你这清醒的人儿

青春的生命是未逝的一瞬
快乐的春天更容易老尽
谁不珍惜自身之宝？
一如你脸上那健康的红润

你眉梢郁结着忧愁
你眼眶泪珠儿盈盈
那紧紧钳闭的嘴角
只无声地叹气唉声

不要提起荒寂的道途
不要赴往陌生的旅程
与其作无谓的叹息
来呀，何不对着美酒洒泪叙情

混沌的春日无一丝光辉
孤寂的心绪也片刻不宁
在这人世悲哀的智慧中
我俩是衰老的旅途之人

啊，快在心中点燃春天的烛火
照亮那青春的生命
不要等韶华虚度，百花飘零
不要悲伤呀，珍重你身

岛崎藤村（1872～1943）

日本诗人、小说家，日本近代诗的奠基者。原名岛崎春树，1872年生于长野县。1887年进明治学院，并与北村透谷等人共同创办《文学界》，投身于浪漫主义文学运动，开始创作新诗。系日本明治时期『明星派』代表诗人之一。诗集《嫩菜集》使他获得了『新体诗人』的称号。之后相继发表《一叶舟》、《夏草》两部诗集。1901年出版第四部也是最后一部诗集《落梅集》。1899年他去小诸义塾任教，转向散文创作，创作手法由浪漫主义转向现实主义。先后发表长篇小说《破戒》、《春》、《家》、《黎明之前》等。他是日本笔会第一任会长。1943年逝世。

你目不旁视，踽踽独行
可哪儿有你去往的前程
对着这琴花美酒
停下吧，旅途之人！

武继平 沈治鸣 译

赏析

此诗沿袭了中日两国传统的赠答诗的形式，融合了日本人对『春』这个季节独特的敏感，却有着日本近代浪漫派文学的独特风格。『我』是一个沉醉于青春瞬间的旅人，写诗献给惶恐于春逝而战战兢兢的旅伴。『我』充满了醉意，流连于『青春』带来的不计后果的畅快和恣肆放达的情致。但那个旅人一看到未来，却惶惶不可终日——未来的孤寂、旅程的艰险萦绕心头，使他愁眉不展、眼泪沾襟。『我』试图劝友人摆脱这般状态，认为生命的活力在于青春的躯体，如果放弃了躯体的快乐，也就放弃了精神的活力。他劝朋友以酒为友，在销魂中忘却未来的痛楚。但友人心绪不佳，纵是美丽的春光也会引起他人生苦短的叹息和对未来无望的愁闷。他甚至告诉赠诗者：『我俩是衰老的旅途之人。』于是诗人再度鼓励友人『点燃春天的烛火』，让身体燃烧，活出青春的质量。最后，诗人希望那些只望着未来苦闷的旅人，停下来享受诗和酒的青春。这首诗所传递的情绪看似昂扬，实则低沉；那个心绪低沉的旅人并非诗人批驳的对象，相反，这才是生命幽暗的底色。日本人最重春色，而樱花早谢，春色难驻，整个民族的情绪便奠基于此。这种对于『瞬间』诗酒愉悦的强调，无论在强调现世的中国，还是寄望于未来的欧洲都是低下的格调，日本人却嗜此味，瞬间快感似乎凝固了生存的峰顶，而未来仍凄惶。这大概便是这首诗的真正立意。

哑巴

初 恋

岛崎藤村

当初相遇苹果林，
你才绾起少女的发型。
前鬓插着如花的彩梳，
映衬着你的娟娟玉容。

你脉脉地伸出白净的手，
捧起苹果向我相赠。
淡红秋实溢清香啊！
正如你我的一片初衷。

我因痴情犹入梦境，
一声叹息把你的青丝拂动。
此时似饮合欢杯啊！
杯中斟满了你的恋情。

苹果林中树荫下，
何时有了弯弯的小径？
心中“宝塔”谁踏基？
耳边犹响着你的细语声声……

罗兴典 译

赏析

这是一首关于初恋的诗。此时诗人已不再年轻，于是他将对初恋情人的记忆化为对青春的细腻回味。第一节讲到苹果林——苹果由青涩变为圆满红润，映衬着亭亭玉立的少女，类似于中国古诗中『兴』的手法，暗喻了女孩成熟中带有稚嫩。第二节，诗人恍惚从多年后进入了当年初遇恋人的情景，青丝和纤纤玉手的出现带出了诗人身上残存的暖意。他沉醉于梦境中初恋的合欢之中，这其实是一种温柔的亲昵。在这种亲昵中，他仿佛回到了青春年代。第三节是诗人的感叹，深情而委婉。红艳的秋实象征爱情初结硕果，但『清香』却消融了情意的浓烈，表现了少男少女独有的那种真挚纯洁的情谊。诗人丢开梦境，流连于梦境的余味之中，那股淡淡的苹果香气弥漫于内心，从而有了这段优美的抒情。最后一节沧桑初露——『何时有了弯弯的小径？』诗人的追忆带着深切的缅怀和对物是人非的嗟叹。『宝塔』象征回忆永驻，此句虽是疑问句，答案却不言自明。最后一句余韵悠长——伊人远去，逝者如斯，唯有音容可堪追思……

哑巴

小鸟在天空消失的日子

谷川俊太郎

谷川俊太郎

日本当代最著名诗人、剧作家、翻译家，被誉为日本现代诗歌的旗手。生于1931年。二十一岁（1952年）出版处女诗集《二十亿光年的孤独》，并由此被誉为昭和时期的『宇宙诗人』。他认为，『诗歌创作不仅要考虑社会意义，同时也要考虑宇宙性的意义。诗人是通过诗与宇宙对话的人。』著有诗集《二十亿光年的孤独》、《62首十四行诗》、《关于爱》、《谷川俊太郎诗集》、《定义》、《俯首青年》、《凝望天空的蓝》、《忧郁顺流而下》等六十余部诗集，并著有理论专著《以语言为中心》、随笔集《在诗和世界之间》、散文集《爱的思考》和影视剧本等六十余部。此外还有译著童话集《英国古代童谣集》等出版。2005年，谷川俊太郎在北京与格非等中国作家同时获得第二届『21世纪鼎钧双年文学奖』，从而成为荣膺该奖的首位外国作家，获奖作品是由中国诗人田原选编并翻译的《谷川俊太郎诗选》。

野兽在森林消失的日子
森林寂静无语，屏住呼吸
野兽在森林消失的日子
人还在继续铺路

鱼在大海消失的日子
大海汹涌的波涛是枉然的呻吟
鱼在大海消失的日子
人还在继续修建港口

孩子在大街上消失的日子
大街变得更加热闹
孩子在大街上消失的日子
人还在建造公园

自己在人群中消失的日子
人彼此变得十分相似
自己在人群中消失的日子
人还在继续相信未来

小鸟在天空消失的日子
天空在静静地涌淌泪水
小鸟在天空消失的日子
人还在无知地继续歌唱

田原 译

赏析

这首诗是对现代工业文明的反思与批判，充满了对现在和未来的忧患意识。在现代社会中，一面是人类对大自然的肆意破坏，一面是人类对自身危机的茫然无知——更多的铁路、更多的港口、更多的公园……人类似乎是在争分夺秒地建设美好的未来，殊不知，铁路所到之处森林便消失，港口所建之处鱼群便消失。工业文明的蔓延如同一场瘟疫，扼杀着世界的生机。而在人类社会内部，人与人的趋同导致的精神呆滞也使人类的未来拐进了死胡同。『小鸟在天空消失的日子/人还在无知地继续歌唱』——唱的正是自己的挽歌。

哑巴

七个四月

谷川俊太郎

四月我上学去了
四月开着什么花我不知道
四月我上学去了
穿着短短的裤裙

四月我被送出去当女佣了
四月开着什么花我不知道
四月我被送出去当女佣了
装着守护袋在包裹里

四月有人向我求了婚
四月开着什么花我不知道
四月有人向我求了婚
酥痒得令我笑了起来

四月我成了母亲
四月开着什么花我不知道
四月我成了母亲
孩子长得很标致

四月我成了寡妇
四月开着什么花我不知道
四月我成了寡妇
颜面有着三十二根的皱纹

四月我有了六个孙子
四月开着什么花我不知道
四月我有了六个孙子
还增添了六只小狗

四月我终于死去了

四月开着什么花我不知道

不知道开着什么花

四月我终于死去了

站在佛陀的身边　往下看

下界正盛开着樱花

田原 译

赏析

『生命』、『生活』和『人性』是谷川俊太郎诗歌抒写的三个重要主题。这首诗描述了一个平凡女子素淡平凡的一生——淳朴的生活，淳朴的生命，淳朴的人性，简单之中自有人生的真意与境界。民歌式的回环叠唱，既契合人物的叙述身份，又富有摇曳的韵律之美，简练、干净、纯粹，蕴涵着一种感性的东方智慧。

哑巴

春的临终

谷川俊太郎

我把活着喜欢过了
先睡觉吧　小鸟们
我把活着喜欢过了

因为远处有呼唤我的东西
我把悲伤喜欢过了
可以睡觉了哟　孩子们
我把悲伤喜欢过了

我把笑喜欢过了
像穿破的鞋子
我把等待也喜欢过了
像过去的偶人

打开窗　然后一句话
让我聆听是谁在大喊
是的
因为我把恼怒喜欢过了

睡吧　小鸟们
我把活着喜欢过了
早晨　我把洗脸也喜欢过了

田原 译

赏析

这是一首微笑着唱、流着泪听的诗歌。『先睡觉吧 小鸟们』——为什么要对小鸟们说？因为只有小鸟最轻柔，最知道春天的来去，最适合一颗因疲倦、悲伤和等待而柔软的心。但也许小鸟只是孤独中诗人随口叫出的一个温暖的名字，如同下文中的『孩子们』一样。他不再呼唤别的名字。

『喜欢过了』——对于活着，对于活着所必然包含的悲伤、恼怒以及等待，诗人统统都是『喜欢过了』，这其中包含着他对人生最独特的理解。他热爱这人生作为一个整体，他欢欢喜喜地领受人生的一半欢乐与另一半忧愁。如果活着是一件悲伤的事，他便是把悲伤喜欢过了；如果活着是一件恼怒的事，他便是把恼怒喜欢过了……他喜欢的是『活着』这件事本身。而当这人生走到末端，他要对自己说的是——『睡吧 小鸟们』，该是闭上眼睛睡觉的时辰了。他并不要求活着以外的事情。

最后一句『早晨 我把洗脸也喜欢过了』，巧妙地避开了『我把活着喜欢过了』的直白，更见诗人的智慧。

哑巴

第十辑

塞内加尔

Senegal

莱奥波尔德·塞达·桑戈尔（1906～2001）

塞内加尔前总统，黑人文化运动创始人之一，载誉世界文坛的诗人。1945年发表第一部诗集《影之歌》，一举成名。1960年塞内加尔独立后，他当选为共和国总统，1980年辞职。1966年，他在达喀尔主持举办了第一届黑人和非洲文艺节。1979年荣获意大利第一届『但丁国际奖』。1983年被选为法兰西学院院士。除《影之歌》外，桑戈尔的主要诗集还有《黑人牺牲品》、《埃塞俄比亚人》和《夜歌》等。

黑女人

莱奥波尔德·塞达·桑戈尔

赤裸的女人，黑肤色的女人
你的穿着，是你的肤色，它是生命；是你
　　的体态，它是美！
我在你的保护下长大成人；你温柔的双手
　　蒙过我的眼睛。
现在，在这仲夏时节，在这正午时分，
　　我从高高的灼热的山口上发现了你，
　　我的希望之乡
你的美犹如雄鹰的闪光，击中了我的心窝。

赤裸的女人，黝黑的女人
肉质厚实的熟果，醉人心田的黑色美酒，
　　使我出口成章的嘴
地平线上明净的草原，东风劲吹下颤动的草原
精雕细刻的达姆鼓，战胜者擂响的
　　紧绷绷的达姆鼓
你那深沉的女中音就是恋人的心灵之歌。

赤裸的女人，黝黑的女人
微风吹不皱的油，涂在竞技者两肋、马里君王们
　　两肋上的安静的油
矫健行空的羚羊，像明星一样缀在你黑夜般的
　　皮肤上的珍珠智力游戏的乐趣，在你那发出
　　云纹般光泽的皮肤上的赤金之光
在你头发的庇护下，在你那像比邻的太阳一样的
　　眼睛的照耀下，我苦闷的脸上露出了微笑。

赤裸的女人，黑肤色的女人
我歌唱你的消逝的美，你的被我揉成
　　上帝的体态
赶在妒忌的命运把你化为灰烬、滋养
　　生命之树之前。

曹松豪　吴奈　译

赏析

这首描写非洲黑女人的诗，感情真挚，令人不禁潸然泪下。

生活在那片荒瘠而贫苦的土地上，负担着家庭和肤色压抑的黑女人，在诗人眼中却是滋养他生命的人。『我在你的保护下长大成人；你温柔的双手蒙过我的眼睛。』多么美的句子！我们可以想象：在一个破烂的非洲家庭，衣衫褴褛身体孱弱的女人用她的双手轻轻拂过一个男孩眼睛的情景——这温柔传递至男孩的记忆深处，成为他『终生的灵感』（诗人戈麦语）。

『赤裸的女人，黝黑的女人/肉质厚实的熟果，醉人心田的黑色美酒，使我出口成章的嘴』……是啊，黑色从视觉上也许是最不舒适的，却是最深沉的！因为太多的苦难汇集其中，因此也更富生命力。是的，成群的黑女人在历史的不幸和现实的压迫中战斗着，她们脸上的黑色乃是人类精神的曙光！

青春的美被孩子的成长榨干，就像我们的成长使我们的母亲身子干枯、白发苍苍。『赤裸的女人，黑肤色的女人/我歌唱你的消逝的美，你的被我揉成上帝的体态』。是啊，这些可爱的黑女人，她们一定是蒙着上帝的光来到世上，不然怎会如此隐忍、谦卑和善良？

然而这美又怎会消失？至少被这诗歌深深感动的人，再也无法淡忘。

吴功青

第十一辑

突尼斯

Tunisia

艾卜勒·卡西木·沙比（1909~1934）

突尼斯杰出的浪漫主义诗人。生于托泽尔市郊，从小受阿拉伯传统教育。1921年入突尼斯市宰敦伊斯兰学院，1927年入突尼斯政法学院，1930年毕业。曾参加民族解放运动。沙比受「旅美派」文学特别是纪伯伦浪漫主义的影响较深，作品大多为牧歌式的抒情诗，洋溢着热爱自由、追求解放的感情。主要作品有《生的意志》、《在爱神殿堂的祈祷》、《再生的早晨》、《致暴君》、《雷霆之歌》、《黑暗中的风暴》、《无名的先知》、《致全世界的暴君》等。著有诗集《生命之歌》等。他被阿拉伯文学界誉为「突尼斯民族之光」。

牧歌

艾卜勒·卡西木·沙比

清晨来临，向酣睡的生命歌唱
山岭在轻轻摇曳的枝条下沉入梦乡
和风舞弄着憔悴干枯的花瓣
暗淡的峡谷里，徐徐飘动着霞光

清晨美妙地来临，地平线一片辉煌
花儿、鸟儿和水波伸伸懒腰
活生生的世界醒来，为生命而欢唱
醒醒吧，我的羊！过来吧，我的羊！

跟我走吧，我的羊！在鸟群间穿行
让峡谷充满咩咩叫声，还有活泼和欢欣
听小溪的细语，闻鲜花的清香
看那峡谷，正笼罩着光闪熠熠的雾云

来吧，采撷大地和新牧场上的青草
听啊，我的短笛正吹送甜蜜的乐曲
旋律从我心间涌出，恰如玫瑰的呼吸
然后飞上天空，像一只幸福歌唱的夜莺

如果我们来到森林，万木把我们荫蔽
尽情地摘吧：青草、鲜花和果实
是太阳用光明给它们哺乳，是月亮把它们抚育
它们在破晓时分，吮吸朝露滴滴

在山谷，在坡上，尽情欢乐吧
如果疲倦了，就在繁茂的绿荫下小憩
在阴影的沉默里，咀嚼青草，咀嚼思绪
听风儿歌唱，在山间的葡萄枝头

林中有鲜花和甜嫩的绿草
蜜蜂在它们四周，哼着欢歌
纯洁的香气不曾遭到豺狼呼吸的玷污
不，狐狸不曾结伴在它们上面踩过！

清新的馨香，神奇，安宁
微风步态娉婷，娇声娇气
青枝翠叶，光和美在其间起舞
常青的绿色，黑夜无法将它拭去

我的羊呀，别在蓊郁的森林久留
森林时代是孩童，淘气、甜蜜、美丽
人的时代是老汉，愁眉苦脸，迟钝沉闷
心灰意懒，在这片平原上缓行

在林中有你的草场，你美好的天地
歌声、琴韵都向黄昏时光而去
柔嫩、细弱的小草的阴影已拖长
快，快回到那安谧平和的地域

郭黎 译

赏析

你有清早去放牧的经历吗？在徐徐的霞光中，牵着水牛或小羊，来到山上，看它们默默地啃着青草……诗意在我们的心里流淌，只有诗人将它言明，把它从黑暗中拉出来，为之穿上花衣裳。

花衣裳就是词，甚至比事物本身还要美。柏拉图曾说，事物本身并不是最真实和最完满的，比如一只鸟，在你面前飞行，它可能只是对天上那个完满的鸟的理念的模仿。想抵达那最真实的理念吗？柏拉图告诉我们——得通过回忆，让灵魂通过沉思抵达与理念的合一。

现在，诗人通过词语抵达了美本身。是的，诗人写的是他的羊、他的草地、他的阳光，但词语本身的神秘已使诗意超越了单纯的放牧，成为更崇高的美了。在这首诗中，一个完美的早晨在我们眼中诞生，使我们忍不住歌唱。

吴功青

第十二辑

以色列

Israel

耶胡达·阿米亥（1924～2000）公认的以色列当代最伟大的诗人，也是二十世纪最重要的国际诗人之一。生于德国乌尔兹堡，十二岁随家迁居以色列，『二战』期间在盟军犹太军队中服役。战后当过多年中学教师。著有诗集《现在及他日》、《诗：1948～1962》、《并非为了记忆》、《耶路撒冷之歌》、《神恩的时刻》、《时间》等数十部，在欧美诗坛引起较大反响，被译成数十种文字。他曾多次获得国际、国内文学奖。他的小说《非此时，非此地》被视为以色列后现代文学的典范之作。

战场上的雨

耶胡达·阿米亥

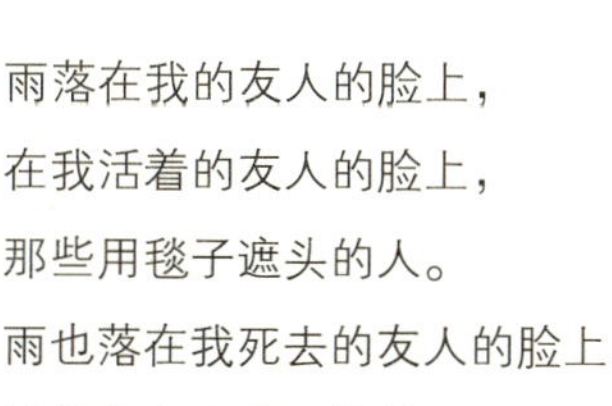

雨落在我的友人的脸上，
在我活着的友人的脸上，
那些用毯子遮头的人。
雨也落在我死去的友人的脸上，
那些身上不遮一物的人。

董继平 译

赏析

这是一首写于『二战』期间的诗，短短五句，却表达了异常沉痛的感情——对战争的仇恨，对苦难者的悲悯，都深深地融入在这简单的场景之中。诗人没有简单地控诉或者呐喊，却选择了一种描述的手法，将战争带来的灾难和人的悲伤无声地呈现给读者。『雨落在我的友人的脸上，／在我活着的友人的脸上』，『雨也落在我死去的友人的脸上，／那些身上不遮一物的人』。无论是生存还是死亡，雨水都静静地、无情地落下，这更反衬出一种面临现实无力反抗的绝望。战争所带来的最基本的事实，不是纳粹党所宣扬的人的自由，社会的民主，不是所谓的更加美好的生活，而是无尽的杀戮和死亡。冰冷的语词里流淌着诗人无限的哀伤。

吴功青

秋日将至及对父母的思念

耶胡达·阿米亥

不久秋天就要来临。最后的果实业已成熟
人们走在往日不曾走过的路上。
老房子开始宽恕那些住在里面的人。
树木随年龄而变得黯淡，人却日渐白了头
不久雨水就要降临。铁锈的气息会焕发出新意
使内心变得愉悦
像春天花朵绽放的香味。

在北国他们提到，大部分叶子
仍在树上。但这里我们却说
大部分的话还窝在心里。
我们季节的衰落使别的事物也凋零了。

不久秋天就要来临。时间到了
思念父母的时间。
我思念他们就像思念那些儿时的简单玩具，
原地兜着小圈子，
轻声嗡嘤，举腿
挥臂，晃动脑袋
慢慢地从一边到另一边，以持续不变的旋律，
发条在它们的肚子里而机关却在背上
而后陡然一个停顿并
在最后的位置上保持永恒。

这就是我思念父母的方式
也是我思念
他们话语的方式。

刘国鹏 译

赏析

秋天，果实成熟，万物向着冬天的冰冷流逝。我们在深秋看到树叶一片片从空中落下，总是感到莫名惆怅，因为我们一方面从中感受到了成熟的美，另一方面则惋惜它的消亡。

『不久秋天就要来临』，诗人在落寞而深沉的秋天寻觅着，『老房子开始宽恕那些住在里面的人』。世间的一切都包含于生命自身的美好之中。『不久雨水就要降临。铁锈的气息会焕发出新意/使内心变得愉悦/像春天花朵绽放的香味。』诗人接着说道：『时间到了/思念父母的时间。』是啊！生命在秋天的路上展露的一切，难道不更使我们接近他们吗？父母给我们的，其深沉，又何尝不像一个秋天的景象？理解秋天的人哪，在这秋天将至的时刻，怎能不生出对父母更多的思念！

吴功青

奥斯维辛之后

耶胡达·阿米亥

在奥斯维辛之后，没有神学：
在梵蒂冈的烟囱，白烟滚滚——
是红衣主教们选定了宗教的讯号。
在奥斯维辛的焚尸炉，黑烟滚滚——
是上帝们的枢机团还没有选出
上帝的选民。

在奥斯维辛之后，没有神学：
灭绝营的牢友在他们的胳膊上烙着
上帝的电话号码，
您拨打的号码并不存在
或无法接通，一个接一个。

在奥斯维辛之后，有新的神学：
那些死在“焚烧炉”的犹太佬
就跟他们的上帝一样，
上帝无形亦无体，
他们也无形，他们也无体。

罗池 译

赏析

这首诗是耶胡达·阿米亥的经典之作。奥斯维辛是『二战』期间德国纳粹党为了处置犹太人和战俘而建立的集中营，以残暴和灭绝人性著称。『在奥斯维辛之后，没有神学』。面对战争的残酷和荒谬，诗人质疑那个全知、全能、全善的上帝的存在！如果上帝果真存在，为何对人类的灾难熟视无睹？人们向那个神秘的存在呐喊，然而，『您拨打的号码并不存在／或无法接通，一个接一个』。虔诚的祈祷之后仍是焚尸炉滚滚的黑烟。『在奥斯维辛之后，有新的神学：／那些死在「焚烧炉」的犹太佬／就跟他们的上帝一样，／上帝无形亦无体，／他们也无形，他们也无体。』多么绝妙的讽刺！在基督教理论中，上帝的存在不为人的理性所认识，且无形无体；但在诗人眼里，这只是那些可怜的、无力反抗的奴隶们的幻想，因为现实只是没有任何缘由的死亡。

诗人告诉我们：脱离灾难的唯一途径只有反抗，承担苦难的唯一主角，只能是我们自己。

吴功青

上帝怜悯幼儿园的孩子

耶胡达·阿米亥

上帝怜悯幼儿园的孩子，
不太怜悯课桌前的孩子。
对大人，他毫无怜悯。
让他们自生自灭。
某个时候，他们不得不四肢着地
在燃烧的沙地上
爬向急救站
全身流血。

或许他会怜悯那些真心去爱的人
庇护他们
就像树给睡在公园长椅上的人
遮阴一样。

或许我们也应该送给他们
我们最珍贵的、充满慈爱的硬币
那母亲遗留给我们的硬币，
这样他们的幸福就会保佑我们
在此刻，在此后的日子里。

傅浩 译

赏析

『上帝怜悯幼儿园的孩子，不太怜悯课桌前的孩子。』多么奇异而冷酷的句子！在基督教理论中，人的出生无不是带有原罪的，随着人进入社会，罪恶就更深，更需要忏悔。而幼儿园里的孩子们，只知道玩耍的孩子们，通常扎着蝴蝶花一样的小辫子，眨着星星般的眼睛，有着我们不能想象和抵达的纯洁。在诗人眼中，他们是最无罪的。上帝怜悯他们，为他们的幸与不幸担当。

『或许他会怜悯那些真心去爱的人/庇护他们/就像树给睡在公园长椅上的人/遮阴一样。』人和上帝的关系多像我们和母亲的关系——母亲给予我们的爱不就是这种不计任何回报的付出吗？我们在母亲的怀抱里长大，怀着纯洁的梦想，日后用我们的汗水庇护已经白发苍苍的母亲。是的，上帝和我们的爱与被爱，就像母亲和儿子的相互庇护、树荫遮蔽大地一般自然，是阳光因自身的丰盈而洒落在大地上。

以色列前总理拉宾在1994年诺贝尔和平奖颁奖典礼上朗诵了这首诗，许多人都感动得落下泪来。

吴功青

爱情忠告

耶胡达·阿米亥

给美好爱情的忠告：不要去爱
那些遥远的东西。给你自己找一个邻近的。
要建一座明智的屋子还得去找
本地的石头来把它修筑，
这些石头曾遭受过同样的严寒
而且被烘干在同样的烈日下。
找出一位来，她有金色的花环
围绕着她黑眼珠的瞳孔，她
应具备足够的知识
了解你的死亡。爱情同样存在于
毁灭之中，如同把蜂蜜提炼出
力士参孙宰杀的狮子鲜肉。

另外给劣质爱情的忠告：利用
剩余下来的爱情
把先前那一个忘掉
做一个新女人给你自己吧，
然后用这个女人剩余的
再造一个新爱，
并如此继续下去
直到什么也不剩下。

罗池 译

赏析

无数诗人都曾写到爱情，写它的美丽、它的脆弱、它的伤害。然而，在阿米亥笔下，爱情变得更加深沉，因为它总是和神圣、战争等紧紧相连，从而使他的诗或睿智，或尖刻，或具有一种哲思的美。

在阿米亥眼里，爱究竟是什么？美好的爱情乃是——不要去爱那些遥远的东西，给自己找一个邻近的，这是为什么？『要建一座明智的屋子还得去找/本地的石头来把它修筑，/这些石头曾遭受过同样的严寒/而且被烘干在同样的烈日下。』遥远，并非指任何空间或阶级的隔阂，而是指那些不能真正理解你的人。美丽的幻象总让人遐思，但从爱情本身考虑，就两人的理解和交融来看，常常是脆弱的，我们美好的爱情更应建立在坚固的基础上——这个基础，就是双方内心深处最真实的默契和理解。

吴功青

第十三辑

泰国

Thailand

青草回旋诗

诗琳通

诗琳通

泰国公主，泰国国王普密蓬·阿杜德的次女，生于1955年4月2日。1979年12月5日被封为女王储，有权继承王位。她爱好文学、音乐和绘画，并兼任泰国红十字会副会长。曾多次访问中国，并著书立说，在泰国掀起『中国文化热』。她翻译了一百多首唐诗宋词，并从中选出几十首，出版了两本译集。为表彰她在传播中国文化方面的贡献，中国教育部为她颁发了『中国语言文化友谊奖』。1983年，中国出版了她的儿童小说《顽皮透顶的盖洱》；1985年11月，中国少年儿童出版社出版了她的诗画选本《小草的歌》。

宛如秧田一片青葱的绿意，
草儿，你是多么温柔美丽！
我喜欢在你身边憩息。
我低吟的小曲，
融合在风儿的歌唱里，
和你在一起，我心旷神怡！
宛如秧田一片青葱的绿意，
草儿，你是多么温柔美丽！
我们吸吮着你清凉的汁液。
我那温顺的牛犊爱你吗？噢，是的！
连野兔也同样喜欢你。
我无时不在陪伴着你，
宛如秧田一片青葱的绿意！

季难生 张青 译

赏析

『回旋诗』是法国十六世纪流行的一种诗体，通常为十三行。这首诗意象单纯，语调温婉，读来清新之气息扑面而至，与诗人高贵脱俗的气质浑然一体，有着植物的静谧之美。

佚名

第十四辑

黎巴嫩

Lebanon

论 爱

卡里·纪伯伦

卡里·纪伯伦（1883～1931）

黎巴嫩诗人、作家、画家，被誉为『艺术天才』、『黎巴嫩文坛骄子』，二十世纪阿拉伯新文学道路的开拓者之一。生于黎巴嫩北部山乡卜舍里。主要作品有：短篇小说集《草原新娘》、《叛逆的灵魂》，长篇小说《折断的翅膀》，散文《音乐短章》、《花之咏》、《我的心灵告诫我》，散文诗集《先知》（代表作）、《泪与笑》、《暴风雨》、《先驱者》、《幸福之歌》等，诗集《行列歌》、《与灵魂私语》、《珍闻与趣谈》等，散文集《疯人》，诗剧《大地诸神》等。

于是爱尔美说：请给我们谈爱。
他举头望着民众，他们一时静默了。
他用洪亮的声音说：
当爱向你们召唤的时候，跟随着他，
虽然他的路程是艰险而陡峻。
当他的翅翼围卷你们的时候，屈服于他，
虽然那藏在羽翮中间的剑刃也许会伤毁你们。
当他对你们说话的时候，信从他，
虽然他的声音也许会把你们的梦魇击碎，
如同北风吹荒了林园。
爱虽给你加冕，他也要将你钉在十字架上。
他虽栽培你，他也刈剪你。
他虽升到你的最高处，抚惜你在日中颤动的枝叶，
他也要降到你的根下，摇动你的根柢的一切关节，
使之归土。

如同一捆稻粟，他把你束聚起来。
他舂打你使你赤裸。
他筛分你使你脱去皮壳。
他磨碾你直至洁白。
他揉搓你直至柔韧；
然后他送你到他的圣火上去，使你成为上帝盛宴上的圣饼。
这些都是爱要给你们做的事情，使你知道自己心中的秘密，在这知识中你便成了“生命”心中的一屑。

假如在你的疑惧中，只寻求爱的和平与逸乐，
那不如掩盖你的裸露而躲过爱的筛打，
而走入那没有季候的世界，在那里你将欢笑，却不是尽量地笑悦；你将哭泣，却没有流干眼泪。

爱除自身外无施与，除自身外无接受。
爱不占有，也不被占有。
因为爱在爱中满足了。

当你爱的时候，你不要说“上帝在我心中”，
却要说“我在上帝的心里”。
不要想你能引导爱的路程，因为若是他觉得你配，他就引导你。
爱没有别的愿望，只要成全自己。
但若是你爱，而且需求愿望，就让以下的做你的愿望吧：
融化了你自己，像溪流般对清夜吟唱着歌曲。
要知道过度温存的痛苦，
让你对于爱的了解毁伤了你自己，
而且甘愿地喜乐地流血。
清晨醒起，以喜悦的心来致谢这爱的又一日；
日中静息，默念爱的浓欢；
晚潮退时，感谢地回家；
然后在睡时祈祷，因为有被爱者在你的心中，
有赞美之歌在你的唇上。

冰心 译

赏析

这是我所听到的关于爱的最好的歌曲。因为有宗教情结，因为爱与基督的大爱相通，诗人理解的爱比世人深沉许多。『爱虽给你加冕，他也将你钉在十字架上。』我们不可能在爱中隐瞒自己，或背弃崇高。爱的光芒迫使我们赞美。十字架钉着我们，但更是种自由——因为自由就是对善和美的承担，而爱便是承担。因此，爱给了我们美好的荣誉，更给了我们一颗与十字架（即善）紧紧相连的心。

因为，『爱不占有，也不被占有。/因为爱在爱中满足了。』爱本质上是一种宽容——父母对子女的，恋人对恋人的……我们生活里发生的许多悲剧都是和下述观念连接在一起的——爱人是我的，她属于我……这是一种悲哀！爱虽意味着我们拥有很深的关系，意味着灵魂的交融，却绝不意味着灵魂的不独立。你爱，但爱的人和你不是隶属关系，儿女从不属于父母，爱人更不属于对方。惟其如此，我们才能在爱中得到真正的解脱。

吴功青

论 死

卡里·纪伯伦

于是爱尔美开口了，说：“现在我们愿意问死。”
他说：“你愿知道死的奥秘。”
但是除了生命的心中寻求以外，你们怎能寻见呢？
那夜中张目的枭鸟，它的眼睛在白昼是盲瞎的，不能揭露光明的神秘。
假如你真要瞻望死的灵魂，你当对生的肉体大大地开展你的心。
因为生和死是一件事，如同江河与海洋也是一件事。
在你的希望和愿欲的深处，隐藏着你对于来后的默识；
如同种子在雪下梦想，你们的心也在梦想着春天。信赖一切的梦境吧，因为在那里面隐藏着永生门。

你们的怕死，只是像一个牧人，当他站在国王的座前，被御手恩抚时的战栗。
在战栗之下，牧人岂不因为他身上已有了国王的手迹而喜悦吗？
可是，他岂不更注意到他自己的战栗吗？
除了在风中裸立、在日下消融之外，“死”还是什么呢？
除了把呼吸从不息的潮汐中解放，使他上升、扩大、无碍地寻求上帝之外，“气绝”又是什么呢？
只在你们从沉默的河中啜饮时，才真能歌唱。
只在你们达到山巅时，你们才开始攀援。
只在大地索取你的四肢时，你们才真正地跳舞。

冰心 译

赏析

『假如你真要瞻望死的灵魂，你当对生的肉体大大地开展你的心。』诗人用肉体和精神来阐述生死，却和中国人的观念是一致的。在《论语》中，孔子的弟子问孔子关于死的问题，孔子的回答便是『未知生，焉知死』。可见在许多先知那里，生死并非是绝对的对立面，而是相互依存相互贯通的关系。死死生生，生生死死，永无止境——草变成水，水又回到草。在生的瞬间便已包含了死，而死也不是生的中断。日本作家村上春树曾有一段十分动人的话：『死，并不是生的对立面，而是作为生的一部分永存于世……』在这里，生死的问题都已上升到了一种哲学和宗教的高度——『只在大地索取你的四肢时，你们才真正地跳舞。』

吴功青

论苦痛

卡里·纪伯伦

于是一个妇人说：请给我们谈苦痛。
他说：
你的苦痛是你那包裹知识的皮壳的破裂。
连那果核也是必须破裂的，使果仁可以暴露在阳光中，所以你们也
必须晓得苦痛。
倘若你能使你的心时常赞叹日常生活的神妙，你苦痛的神妙
必不减于你的欢乐；
你要承受你心天的季候，如同你常常承受从田野上度过的四时。
你要静守，度过你心里凄凉的冬日。
许多的苦痛是你自择的。
那是你身中的医士，医治你病身的苦药。
所以你要信托这医生，静默安宁地吃他的药，
因为他的手腕虽重而辣，却有冥冥的温柔之手指导着。
他带来的药杯，虽会焚灼你的嘴唇，那陶土却是陶工
用他自己神圣的眼泪来润湿调转而成的。

冰心 译

赏析

这首诗的比喻用得非常精妙。痛苦就好像皮壳的破裂，这一瞬间一定不堪承受，但拯救也就从此开始，比如我们对自己弱点的纠正，比如一个国家的创伤。我们首先得承认这痛苦。面对它，一切才有希望。有时候我们甚至要主动撕开这口子，使血流出来。因为不如此我们便看不到我们真实的心灵，因为『连那果核也是必须破裂的』。

『你要静守，度过你心里凄凉的冬日。』全部的难度就在于如何接受。许多痛苦本来就是荒谬的，超出了人的理解能力，比如自己的亲人突然遭遇车祸，比如爱人残酷地抛弃了自己……此时我们要相信，这都是小爱内部的残缺，不是命运这个大爱的损失。我们仍要相信命运整体的美好——忍受，忍受。这忍受不是一种妥协，而是面向痛苦的一种坚忍，是把灾难当做一种整体接受下来的态度——忍受即回报。忍受的同时便是回报。在凄凉的冬日过后，便会有无限温柔而灿烂的曙光。

吴功青

论 美

卡里・纪伯伦

干是一个诗人说：请跟我们谈美。

他回答说：你们到哪里追求美，除了她自己做了你的道路，引导着你之外，你如何能找着她呢？

除了她做了你的言语的编造者之外，你如何能谈论她呢？

冤抑的、受伤的人说："美是仁爱的、和柔的，如同一位年轻的母亲，在她自己的光荣中半含着羞涩，在我们中间行走。"

热情的人说："不，美是一种全能的可畏的东西，暴风似的撼摇了上天下地。"

疲乏的、忧苦的人说："美是温柔的微语，在我们心灵中说话。她的声音传达至我们的寂静中，如同微晕的光，在阴影的恐惧中颤动。"

烦躁的人却说："我们听见她在万山中叫号。与她的呼声俱来的，有兽蹄之声、振翼之音与狮了之吼。"

在夜里守城的人说："美要与晓暾从东方一齐升起。"

在日中的时候，工人和旅客说："我们曾看见她凭倚在落日的窗户上俯视大地。"

在冬日，扫雪的人说："她要和春天一同来临，跳跃于山峰之上。"

在夏日的炎热里，刈者说："我们曾看见她与秋叶一同跳舞，我们也看见她的发中有一堆白雪。"

这些都是他们关于美的谈说。

实际上，你却不是谈她，只是谈着你那未曾满足的需要。

美不是一种需要，只是一种欢乐。

她不是干渴的口，也不是伸出的空虚的手。

却是发焰的心、陶醉的灵魂。

她不是那你能看见的形象、能听到的歌声，

却是你虽闭目时也能看见的形象、虽掩耳时也能听见的歌声。

她不是犁痕下树皮中的液汁，也不是结系在兽爪间的禽鸟。

她是一座永远开花的花园，一群永远飞翔的天使。

阿法利斯的民众啊，在生命揭露圣洁的面容时的美，就是生命。

但你就是生命，你也是面纱。

美是永生揽镜自照。

但你就是永生，你也是镜子。

冰心 译

赏析

纪伯伦诗歌的与众不同之处在于它有很强的思辨色彩。谈美的时候，诗人并非如常人那样直接言说，而是说到了众人心里的美——受伤的人说美是阴柔，热情的人说美是暴风雨……而诗人则尖锐地批评说：『实际上，你却不是谈她，只是谈着你那未曾满足的需要。』

是的，人们的确没有几个认真思索过美的真正本质，就如柏拉图在《理想国》里批评城邦里那些无知的人一样：他们知道这个美，那个美，但说到美本身，就都哑了口。在纪伯伦这里，不同的人眼中的美都是他们基于自身需要而作出的一种判断，它与普遍的美的本质相去甚远。

美究竟是什么呢？『美是永生揽镜自照』，是永恒对永恒的自我观照，是生命的发生和维持。纪伯伦把美上升到生命自身的高度，这一点与康德、黑格尔等人的美学标准是相同的。

吴功青

言别

卡里·纪伯伦

现在已是黄昏了。

于是那女预言者爱尔美说：愿这一日，这地方，与你讲说的心灵都蒙福佑。

他回答说：说那话的是我吗？我不也是一个听者吗？

他走下殿阶，一切的人都跟着他。他上了船，站在舱前。

转面向着大众，他提高了声音说：

阿法利斯的民众啊，风命令我离开你们了。

我虽不像风那般的迅急，我也必须去了。

我们这些漂泊者，永远地寻求更寂寞的道路，我们不在安歇的时间起程，

朝阳与落日也不在同一地方看见我们。

大地在睡眠中时，我们仍是行路。

我们是那坚牢植物的种子，在我们的心成熟丰满的时候，就交给大风吹散。

我在你们中间的日子是很短促的，而我所说的话就更短了。

但等到我的声音在你们的耳中模糊，我的爱在你们的记忆中消失的时候，

我要重来。

我要以更丰满的心，更灵敏的唇说话。

是的，我要随着潮水归来。

虽然死要遮藏我，更大的沉默要包围我，我却仍要寻求你们的了解。

而且我这寻求不是徒然的。

假如我所说的都是真理，这真理要在更清澈的声音中、更明白的言语里，

显示出来。

阿法利斯的民众啊，我将与风同去，却不是坠入虚空。

冰心 译

赏析

诗人借先知之口说出的离别，有着圣主耶稣临死前对门徒告别的意味，有着尼采在《查拉图斯特拉如是说》中查拉图斯特拉告诫信仰者的深意。表面上这是一个人和一群人的离别，事实上，诗人想借这种离别的情景言说——他究竟想说什么呢？

『我们这些漂泊者，永远地寻求更寂寞的道路』。原来，这离去是为了一种索求。先知们为了理想担当前进的使命，为此不得不离开。或者说，离开也是为了另一种相聚。这是一种高尚的爱。因此，『虽然死要遮藏我，更大的沉默要包围我，我却仍要寻求你们的了解』。对真理的寻求永远不是枉然。『假如我所说的都是真理，这真理要在更清澈的声音中、更明白的言语里，显示出来。』这条决绝的道路注定艰难而辉煌。

吴功青

第十五辑

哥伦比亚

Columbia

吉列尔莫·瓦伦西亚（1873～1943）

哥伦比亚现代主义诗人、翻译家。出自贵族家庭，当过议员，任过要职，两度竞选总统。最初模仿法国高蹈派诗人并翻译法国、意大利和葡萄牙诗歌。1898年出版第一部诗集《诗歌》。1914年出版的第二部诗集《典礼》仍是创作与译诗兼收。1929年出版的译诗集《震旦》，便是他翻译的中国古代诗集。

有一个瞬间

吉列尔莫·瓦伦西亚

有一个瞬间
使一切格外亮丽，
匆忙的步履透着从容……
它就是黄昏。

植物洒满丝绒似的光华，
高塔斜影叠彩，
连小鸟也将那影子
镂刻在蓝宝石般的水面。

沸腾的下午已然沉默，
为的是告别渐逝的妩媚。
空气带着一丝哀婉，
安宁地将自己的温柔融入未来。

仿佛整个宇宙都伸出双手，
去拥抱它的辉煌、它的亮丽
它的虔诚、它的慈祥，
以阻挡黑暗的来临……

我的生命在此时升华，
这过程充满了神奇。
我的心灵和晚霞融为一体
直感到梦幻般的惬意：

新的机遇将由此复苏，
春天般的希望将开始悸动；
花粉的馨香依稀可闻，
它来自远方邻近的花园！

仪信 译

赏析

黄昏时刻并不都是令人惋惜的。当夕阳西下，斜晖掩映，一个亮丽的黄昏将使你的一整天都变得美好。人们对于黄昏的描述时常有些许伤感之情。但黄昏却恰恰也是一种神奇的生命升华的体验，尽管即将迎来的是黑夜的降临，但在这样的黄昏里，我们依然可以闻到花粉的馨香，感受春天的希望。

小皮

后记&版权声明

我们这个时代还需要诗歌吗？我们的生活还需要诗歌吗？我们的成长还需要诗歌吗……

2012年新年到来之际，当我们精心策划、打造的这套“最美的诗”呈现在大家面前时，这样的疑问仍不绝于耳。

诚然，自1995年以来，随着最后一位“大众诗人”汪国真渐渐淡出人们的视野，诗歌这一文学体裁也逐渐淡出了大众的视野。从某种意义上讲，80后、90后这些新生代，几乎是在诗歌“贫瘠的土壤”中成长起来的。海德格尔说得好：“诗歌即历史。艺术是真理在作品中的创造性保存。”一个国家的国民素质体现在文学史的发展轨迹上，而诗歌则是其中最为重要的一环。优秀的诗歌首先应该是向美的，是美好的有机部分与美的最高境界。作为文学的最高形式，诗歌拥有无可复制的“美”——语言美、意境美、音律美等。这无疑是青少年培养审美、陶冶情操不可或缺的琼浆玉露。

作为读者，我们呼唤纯文学的回归；作为出版人，我们肩负着神圣的使命感和责任感，力求打造一套文学中的“高、精、尖”读物，为广大读者奉上唯美、醇正、厚重的精神飨宴。

这套诗集共五册，收录了二百多位诗人的近五百首诗歌。所选诗人几乎囊括了东西方各个国家最具代表性的文学巨匠，其中有不少诗人是诺贝尔文学奖得主；所选诗歌亦为最具代表性的、最脍炙人口的传世佳作，几乎囊括了所有我们要找、要读的诗歌精品。由此，这套诗集将毫无悬念地成为诗歌出版史上最权威、最经典、最全面翔实的“诗歌精选集”。

这套五卷本“诗歌精选集”，由2007年德国莱比锡书展荣获“世界最美的书”美誉——《不裁》一书的设计者、国际著名装帧设计大师朱赢椿先生亲自操刀设计，其得意门生皇甫珊珊也投入了大量精力辅助完成，将形式与内容完美结合了起来。

后记&版权声明

国际一流诗歌读本，国际一流书籍装帧，不仅是精神盛宴，更是视觉大餐。

从前期组稿到后期编辑、付梓，历时五载有余。因困难重重，编辑工作曾几度搁浅，但我们都咬牙挺了过来。这其间有檀作文、李暮先生的推荐和创意，有吴功青、赖小皮、哑巴、山鬼鸿、枕戈、王冷阳、苏爱丽等诗歌研究者在精选诗作、撰写赏析等环节所付出的艰辛劳动，其中资深编辑王冷阳先生耗时一年多，通宵达旦、呕心沥血地对书稿进行了重新整合、梳理和最终的编审。此外，诸多热心朋友对本书也给予了不同程度的支持与帮助，我们在此一并深表谢忱。

联系电话：（010）52059569

联系邮箱：houkai@girlbook.cn

“最美的诗”总策划人　侯开

2011年12月

图书在版编目（CIP）数据

如果我能使一颗心免于哀伤/悦读纪编. —南京：江苏文艺出版社，2010.7

（最美的诗）

ISBN 978-7-5399-3897-4

Ⅰ.①如… Ⅱ.①悦… Ⅲ. ①诗歌-作品集-世界 Ⅳ.①I12

中国版本图书馆CIP数据核字（2010）第129435号

书　　名	如果我能使一颗心免于哀伤
编　　者	悦读纪
出版统筹	黄小初　侯　开
特约监制	王冷阳
选题策划	侯　开
创意编辑	苏爱丽
责任编辑	胡小河
文字编辑	王冷阳
责任监制	卞宁坚　江伟明
装帧设计	朱赢椿　皇甫珊珊
出版发行	凤凰出版传媒集团 凤凰出版传媒股份有限公司 江苏文艺出版社
集团地址	南京市湖南路1号A楼，邮编：210009
集团网址	http://www.ppm.cn
出版社地址	南京市中央路165号，邮编：210009
出版社网址	http://www.jswenyi.com
经　　销	凤凰出版传媒股份有限公司
印　　刷	北京市平谷县早立印刷厂
开　　本	700×980毫米　1/16
字　　数	117千字
印　　张	11.5
版　　次	2012年1月第1版　2012年1月第1次印刷
标准书号	ISBN 978-7-5399-3897-4
定　　价	20.00元

The most beautiful poems